AF198020

Tucholsky   Wagner   Zola   Scott Sydow
             Turgenev   Wallace   Fonatne   Freud   Schlegel
      Twain   Walther von der Vogelweide Fouqué   Friedrich II. von Preußen
                   Weber   Freiligrath   Frey
Fechner   Weiße Rose   von Fallersleben Kant   Ernst   Frommel
         Fichte   Richthofen
      Engels   Fielding   Eichendorff   Tacitus   Dumas
   Fehrs   Faber   Flaubert
                   Maximilian I. von Habsburg Fock   Eliasberg   Ebner Eschenbach
   Feuerbach   Zweig
                        Ewald   Eliot   Vergil
       Goethe   Elisabeth von Österreich   London
Mendelssohn   Balzac   Shakespeare   Dostojewski   Ganghofer
      Trackl   Lichtenberg   Rathenau   Doyle   Gjellerup
             Stevenson   Hambruch
Mommsen   Tolstoi   Lenz   Droste-Hülshoff
      Thoma   Hanrieder
Dach   Verne   von Arnim   Hägele   Hauff
     Reuter   Hauff   Humboldt
   Karrillon   Rousseau   Hagen   Hauptmann   Gautier
          Garschin
      Damaschke   Defoe   Hebbel   Baudelaire
                       Descartes
Wolfram von Eschenbach   Hegel   Kussmaul   Herder
                   Darwin   Dickens   Schopenhauer   Rilke   George
   Bronner   Melville   Grimm Jerome   Bebel
      Campe   Horváth   Aristoteles   Proust
Bismarck   Vigny   Barlach   Voltaire   Federer   Herodot
             Gengenbach   Heine
  Storm   Casanova   Tersteegen   Gilm   Grillparzer Georgy
         Chamberlain   Lessing   Langbein   Gryphius
Brentano   Lafontaine
   Strachwitz   Claudius   Schiller   Kralik   Iffland Sokrates
      Katharina II. von Rußland   Bellamy Schilling
                              Gerstäcker   Raabe   Gibbon   Tschechow
Löns   Hesse   Hoffmann   Gogol   Wilde   Gleim   Vulpius
Luther   Heym   Hofmannsthal   Klee   Hölty   Morgenstern   Goedicke
   Roth   Heyse   Klopstock   Puschkin Homer   Kleist
Luxemburg   La Roche   Horaz   Mörike   Musil
   Machiavelli   Kierkegaard   Kraft   Kraus
Navarra Aurel   Musset   Lamprecht Kind   Hugo   Moltke
   Nestroy Marie de France   Kirchhoff
      Nietzsche   Nansen   Laotse   Ipsen   Liebknecht
         Marx   Ringelnatz
   von Ossietzky   Lassalle Gorki   Klett   Leibniz
         May   vom Stein Lawrence   Irving
   Petalozzi   Knigge
      Platon   Kafka
   Sachs   Poe   Pückler   Michelangelo   Kock
                             Liebermann   Korolenko
      de Sade Praetorius   Mistral   Zetkin

Der Verlag tradition aus Hamburg veröffentlicht in der Reihe **TREDITION CLASSICS** Werke aus mehr als zwei Jahrtausenden. Diese waren zu einem Großteil vergriffen oder nur noch antiquarisch erhältlich.

Symbolfigur für **TREDITION CLASSICS** ist Johannes Gutenberg (1400 — 1468), der Erfinder des Buchdrucks mit Metalllettern und der Druckerpresse.

Mit der Buchreihe **TREDITION CLASSICS** verfolgt tradition das Ziel, tausende Klassiker der Weltliteratur verschiedener Sprachen wieder als gedruckte Bücher aufzulegen – und das weltweit!

Die Buchreihe dient zur Bewahrung der Literatur und Förderung der Kultur. Sie trägt so dazu bei, dass viele tausend Werke nicht in Vergessenheit geraten.

Die Frivolitäten des Herrn von D.

Franz Blei

Impressum

Autor: Franz Blei
Umschlagkonzept: toepferschumann, Berlin

Verlag: tredition GmbH, Hamburg
ISBN: 978-3-8495-2927-7
Printed in Germany

Ziel der TREDITION CLASSICS ist es, tausende deutsch- und
fremdsprachige Klassiker wieder in Buchform verfügbar zu
machen. Die Werke wurden eingescannt und digitalisiert. Dadurch
können etwaige Fehler nicht komplett ausgeschlossen werden.
Unsere Kooperationspartner und wir von tredition versuchen, die
Werke bestmöglich zu bearbeiten. Sollten Sie trotzdem einen Fehler
finden, bitten wir diesen zu entschuldigen. Die Rechtschreibung der
Originalausgabe wurde unverändert übernommen. Daher können
sich hinsichtlich der Schreibweise Widersprüche zu der heutigen
Rechtschreibung ergeben.

Die Tänzerin Jenny Gilbert

Eigentlich hatte mich nur der Regen ins *Olympia* getrieben. Ich wollte nicht lange bleiben und nahm ein Promenoir, um einen Black and White zu trinken. Seltsam, wie mich an diesem Abend das gemalte Lächeln, die absurden Hüte, die aufreizenden Parfüms anwiderten. Ich konnte nur das nackte Elend sehen, das sich darunter verbarg. Und versank vor den Bettelnden, den Provokanten, den Ironischen, die sich um das Almosen von ein bißchen Liebe oder einem Geldstück bemühten, ganz in Bitterkeit. Da legte sich eine Hand auf meine Schulter. Wie wohl das plötzlich tat, in dieser traurigen Stunde die Hand eines Freundes zu fühlen.

Ich hatte meinen Freund Cornavon lange nicht gesehen. »Nehmen Sie mir es nicht übel, Cornavon, Sie wissen, die Traurigkeit macht undankbar.«

»Sie kamen sicher auch, um die Jenny Gilbert tanzen zu sehen?«

»Wer ist das?«

»Sie werden sehen. Sie tritt gleich auf.« Wir gingen in die Proszeniumsloge.

Das weichfließende, hochgeschlitzte korallrote Kleid gab der schlanken Plastik und der wollüstigen Grazie der Tänzerin prachtvollen Ausdruck. Hier hatte wahrhaft die Natur ein Äußerstes getan, das Meisterstück einer Frau zu bilden. Der Hut aus Straußenfedern schattete über einer klaren Stirn und einem Paar Augen voll dunklem Licht und starkem Leben. Wir waren hingerissen.

»Sehen Sie nur ihre Hände!«

Diese Hände anzusehen, hatte in der Tat schon die Macht, das nervöse Wunder ihres Streichelns zu fühlen. Sie trugen nur einen großen Smaragd als Schmuck, den vier goldene Kettchen um den Finger hielten. Das Publikum mußte eine seltsame Faszination empfinden, denn es brannte in einem verhaltenen Schweigen.

»Sind Sie nun weniger misogyn, lieber Freund?« fragte mich Cornavon.

»Ich weiß nicht, was Sie sagen. Ich bin so verblüfft von dieser Frau, daß ich mich frage, ob sie wirklich eine Frau und nicht ein höheres Wesen ist.«

»Darin irren Sie. Jenny hat nur alle weiblichen Eigentümlichkeiten in höchster Vollendung. Sie reizt nicht nur, sie hypnotisiert, sie ...«

Er konnte den Satz nicht vollenden, Jenny Gilbert beendete ihren Tanz und stand ganz nah der Loge, in der wir saßen. Nun lächelte sie uns an, und da sahen wir, daß in ihren beiden blendendweißen Schneidezähnen zwei Rubine glänzten, inmitten jedes Zahnes ein Rubin; wie Blutstropfen.

Das Lächeln befiel mich wie eine Angst. Mir war, als ob in diesem Augenblick ein wenig von meinem Schicksal sich begebe.

Einen Monat später traf ich Cornavon bei gemeinsamen Freunden. Ich war nach meiner Gewohnheit so spät gekommen, als es noch erlaubt ist. Ich hatte die Hausfrau begrüßt und mich, da man im Salon nebenan Musik machte, in das Rauchzimmer begeben. Ich fragte Cornavon: »Waren Sie wieder im *Olympia* seitdem?«

»Nein. Und Sie?«

Ich verschwieg, daß ich wiederholt dort gewesen, verborgen im Hintergrund der Proszeniumsloge. Ich wollte Cornavon nicht gestehen, daß Jenny Gilbert eine mysteriöse, mir völlig unerklärliche Anziehung auf mich geübt hatte. Vergebens war mein Versuch, oft wiederholt, mich ihr vorstellen zu lassen, und ich genierte mich, diese Niederlage dem Freunde einzugestehen. Denn es war etwas naiv und kindlich, sich von einer etwas ungewöhnlichen Künstlerin verführen zu lassen, ohne sie je anderswo als auf der Bühne gesehen zu haben. Ich hätte es nicht ertragen, daß ein intelligenter Mann, auch bloß innerlich, über mich gelächelt hätte.

Jenny Gilbert hatte mir sagen lassen, daß sie weder Anlaß noch Bedürfnis habe, mich kennenzulernen. So kam zur Neugierde das Begehren. Wer war sie? Durchgebrannte Prinzessin? Ruinierte Herzogin? Detrakierte Amerikanerin?

Wir sprachen von anderem, bequem in den Stühlen liegend. Wir schwiegen für einen Augenblick, und die Musik, die wir nicht beachtet hatten, drang nun leise und vibrierend durch die Portieren. Wir lauschten. Es war eine Arie der Margarete aus Gounods Faust.

»Hören Sie?« fragte Cornavon.

»Ich höre und bewundere«, sagte ich.

»Nie schlug mein Herz zu einer schöneren Frauenstimme«, sagte Cornavon leise.

In dem tiefen Wohllaut dieser Stimme und der zitternden Helligkeit ihrer Akzente tönte etwas wie das Echo einer neuen Leidenschaft. Die zauberische Fähigkeit einer singenden Frau, einer Melodie einen ganz einzigen persönlichen Ausdruck zu geben, sie zu einem intimen Geständnis sinnlichen Lebens erglühen zu lassen, war bei dieser Sängerin ganz außerordentlich. Sie erinnerte mich an den Tanz der Jenny Gilbert, diese Stimme -- das Genie der Frau in seiner höchsten Offenbarung war bei Jenny wie bei dieser Sängerin.

Schweigend lauschten wir, beide mehr in Trunkenheit sinkend, berauscht von der heimlichen Magie dieser Stimme, dieser Frau. Leidenschaft, Helle, Zauberei der Variation riefen mir immer lebendiger die junge Tänzerin im *Olympia* vor die Sinne. Die Kadenz war wie eine streichelnde Hand. Nun schwieg die Stimme.

Cornavon blickte träumerisch und vage. »Wir müssen uns dieser Frau vorstellen lassen«, sagte er.

Wir betraten den großen Salon. Ich hielt einen Bekannten an.

»Lieber Rechenheim, Sie würden uns einen großen Gefallen erweisen, wenn Sie mich und meinen Freund Cornavon dieser jungen Dame vorstellen wollten, deren Stimme uns ganz verzaubert hat.«

»Wen meinen Sie?«

»Nun, der Person, die eben die Arie aus dem Faust gesungen hat.«

»Dem jungen Lord Feversham? Erstaunlich, nicht, diese fabelhafte Stimme?«

War es eine Halluzination? Ich kann es nicht sagen. Im Vorüberschreiten blickte der junge blonde Engländer mit dem blassen Teint und den dunklen Augen mich an wie einen, den er schon einmal wo gesehen hat, ohne genau zu wissen wann und wo.

Mir war es, als ob ich das dunkle Feuer dieses Blickes schon einmal gefühlt hätte -- und ich muß blaß geworden sein, als über das Gesicht des bartlosen und melancholischen jungen Mannes ein Mädchenlächeln glitt und ich auf jedem der beiden obern Schneidezähne einen kleinen Rubin glänzen sah -- zwei Tropfen kristallisierten Blutes.

Mit den Idiotien solcher Geschichten suchte man um 1905 eine junge und schöne Frauensperson von einem Snobismus zu kurieren, der sich unter anderem in einer Schwärmerei für O. Wilde ausdrückte. Zwillinge, die sie von ihrem Manne bekam, taten es besser und bis auf weiteres endgültig.

Das Linerl

Es lag an den von neunmal neuen Weinen begleiteten neun Gängen des nächtlichen Mahls, das Farussi der Prachtliebende, Milchbruder des Emirs von Afghanistan und Bandenkapitän von Buchara, seinen Gästen von seinen beiden chinesischen Boys hatte servieren lassen, an diesem Mahle, zu dem fünf wirkliche und zwei imaginierte Kontinente sowie zwei Meere ihre Höchstleistungen gestellt hatten, daran lag es, daß die Unterhaltung augenblicklich nicht sehr in die Tiefe der vom Zufall des Gespräches aufgeworfenen Gegenstände ging, daran und ein wenig auch an den Frauen, deren sympathische Anwesenheit man nicht in bloße Gegenwart verscheuchen, deren leiblichen Reiz man nicht in Kulisse verwandeln wollte durch ein genau geführtes Männergespräch, das, wie man weiß, auf begriffliche Formulierung Wert legt, bevor es sich in die phänomenale Welt des Erlebten begibt. Max Scheler, wäre er unter den Gästen gewesen, hätte gegen den jetzt von ihnen betriebenen psychologischen Empirismus durch Schweigen protestiert oder wäre, was wahrscheinlicher, mit Grit Hegesa oder mit Lisa Benedict oder mit der blonden Claire in den kleinen Salon nebenan oder in den nächtlichen Garten seziert, wenn die Damen, wie sicher anzunehmen, es nicht vorgezogen hätten, beim empirischen Psychologismus und auf ihren bequemen Liegelagern zu bleiben, als andere Empirie mit dem ausgezeichneten Philosophen zu riskieren. Aber Scheler war nicht da.

Im Augenblick hatte jemand gesagt -- etwas später erst stellte sich aus dem der Bemerkung Folgenden heraus, daß es Merck gewesen war, der vorläufig Letzte seines berühmten Namens, allen Goethe-Verehrern teuer, dieser exquisit gebaute, nein, dieser aus der Keule des Herakles prachtvoll geschnitzte Bogen, wie man etwas bombastisch, das sei zugegeben, die Erscheinung dieses jungen Mannes charakterisieren könnte --, daß es also Merck gewesen war, der die Bemerkung gemacht hatte, daß man die wahre Frauenschönheit nur im Volke finde. Und ohne sich zuvor darüber zu einigen, was man einerseits unter Volk, andererseits unter Frauenschönheit zu verstehen habe, kam Zustimmung oder Zweifel, kamen aber auch damit jene Elemente zutage, welche, wenigstens in diesem Kreise, Schönheit wie Volk hinreichend bestimmten, um, wenigstens gesprächsweise, etwas damit anzufangen. Schwabach, dem, wie er sagte, Neigung für das Volkstümliche durchaus nicht fehle, meinte, man fände immerhin bei der breithin lebenden Menge des Volkes auf dem Lande und in den Städten doch kaum das, was man körperliche Eleganz nenne. Was niemand bestritt. Und Merck erwiderte, indem er sagte, man finde da auch Distinktion nicht und Charme und Grazie, aber dieses, was alles die Frauen des Adels und der Bourgeoisie besäßen oder bald erwürben, dieses seien hinsichtlich der Schönheit doch nur Werte der zweiten Ordnung. Die reiche, großmütige, eklatante Schönheit, die nicht auf überzüchtet dünnen Knöcheln spaziere -- hier warf Grit ein überschlankes Bein über das andere, und Lisa zog ein stolzes festes Bein ins Kleid zurück, es war bei beiden ein Protest --, setze ein junges und lebhaftes Blut voraus, und das finde man nur mehr, wenn überhaupt, in den unteren Klassen. Hier machte der Doktor Wodan von Niggeryoke, genannt der Kinderfreund, eine Zwischenbemerkung mit etwas trauriger Stimme. Er sagte: »Wie viele Blüten gehen da vor ihrer Erschließung verloren.« Es klang wie ein Seufzer, was aber auch Grund sein mochte, daß er soeben den Rest seines Morning Glory auszutrinken versuchte, den er eben schon vor einer Minute geleert hatte. Gewiß. Aber gelingt's einem Mädchen aus Bauern- oder Arbeiterblut, sich durchzufressen, dann gibt's Wunder.

Man müßte wissen, woher die großen Schauspielerinnen, die bedeutenden Femmes entretenues, kommen. Aus dem Volk. Jede dritte englische Herzogin war ein Milchmädchen gewesen.

»Muß denn Schönheit es zu etwas bringen?« fragte Lisa Benedict, deren siebzehn Jahre mit Zwecken des Lebens noch nichts anzufangen wußten. Darauf Farussi, wobei er dem Kinderfreund einen neuen Morning Glory eigenhändig bereitete: »Daß eine schöne Frau es zu etwas bringt, ist ein natürlicher Nebeneffekt, Lisa. Die Schönheit, weißt du, ist Wirkung. Sie verbraucht sich nicht für sich selber. Sie ist ganz, ohne es zu wollen, aktiv gegen ihre Umgebung gestellt und bestimmt Konstellationen. Sie reizt zum Besitz, und die schöne Frau zu besitzen strengen sich die Männer an, der mit der Liebe, der mit Geld, der mit Einfluß, der mit seiner zur Verfügung gestellten Begabung. Das Wettrennen der Opfernden verlangt natürlich einen Einsatz, der, geht's hoch her, das eigene Leben ist.«

»Noch?« zweifelte Grit Hegesa.

»Ich plädiere nicht für die Romantik von 1830, wenn sie auch ab und zu noch vorkommt. Der heutige Einsatz ist das heute am höchsten Gewertete: das Geld. Es fällt der schönen Frau zu, immer noch wie der Danae. Es zu etwas zu bringen, fällt der schönen Frau zu aus keinem anderen Grunde, als weil sie schön ist, aus keinem anderen Titel als dem der Schönheit.«

Nach einer kleinen Pause kam nun die weichtönende, sonore Stimme des Herrn von Schwint und füllte angenehm den Raum, streichelte ihn.

»Schönheit, gewiß. Gutes, starkes Blut, sicher. Aber sollte es nicht eine bestimmte Pigmentierung dieses Blutes sein, das hier den Ausschlag gibt? Wie? Ich meine, diese Mädchen aus dem Volke, die in ihrem guten Leibe das starke Blut haben, spüren dessen Druck als Auftrieb. Irgendwie scheint es mir doch auch der Wille zu sein, der diese Mädchen schön macht, der Wille zum Heraus, zum Hinauf. Im Anfang nur ein undeutliches Wollen, wird es nach der ersten erreichten Stufe schon bewußter Wille, auch die zweite, die achte zu erreichen und nie mehr einen Schritt zurück zu machen, denn dieser Verlust ist nicht mehr einzuholen; man wird mit dem Tag nicht jünger. Ich glaube, daß der Reiz dieser Mädchen, den wir Schönheit nennen, in diesem Elan liegt, der uns, die wir oben immer waren und sind, fremd ist. Wir bewundern in dieser Schönheit eine Energie, die sich auf anderes stützt als auf ein Lehrerinnenexamen oder eine große Mitgift oder auf eine lang bewahrte Jungfernschaft als Zeichen weiblicher Bedeutung. Zum Beispiel das Linerl.«

»Wer ist das?« fragte die Tänzerin Hegesa, weniger aus Neugierde als überhaupt.

»Darauf kann ich nur mit einer kleinen Geschichte antworten, wenn es nicht langweilt.«

Man bat um die Geschichte, und noch schöner, noch modulierter klang nun die Stimme des Barons, denn es waren Sätze zu sprechen und nicht bloß die Interjektionen eines Dialoges, die kurzen Atem und Kopfluft verlangen.

»So hieß ein kleines, reizendes Mäderl von noch nicht vierzehn Jahren, das ich eines Nachmittags in der Adalbertstraße in München sah, und da es mich auch sah und eigentlich ansah, kam es zu einem Gespräch, das kurz, aber inhaltlich sehr präzis war. Es begab sich das zur Zeit, wo man gerade die dicken, nackten Beine der Isadora Duncan als göttliche Offenbarung bewunderte, wenn sie sich tanzend etwas schwerfällig hoben und ein kindliches Lächeln das Gouvernantengesicht himmlisch verklärte, zur Zeit, als Alfred Walter Heymel eines Morgens den Versuch machte, in das offene Parterrefenster zu Franz Blei hineinzureiten, was ihm mit den Vorderbeinen des Schimmels auch gelang, zur Zeit, als Wilhelm der Zweite in Agadir weilte oder in Jerusalem. Sie hieß das Linerl, war schlank, hatte blonden Honig zum Zopf gedreht, stieß ein bißchen noch mit den Knien in die Luft, war lachenden Gesichts und nach zwei Minuten bereit, zu mir als Modell zu kommen. Sie kam.

Ich muß mich mit einer wichtigen Bemerkung unterbrechen, die ich in Ihrem Interesse mache, weil anders Sie von dieser Geschichte eine Finesse erwarten könnten, die sie weder sachlich, was das Linerl betrifft, noch psychologisch, was mich betrifft, besitzt. Ich verstehe nämlich gar nichts von dem, was man die Liebe nennt. Ich bin da ganz gemeiner Sensualist, wofür ich als Entschuldigung nur anführen kann, daß ich es noch nie zu bereuen hatte. Nur die sogenannten höheren Gefühle fälschen das an sich höchst einfache und gar nicht erhabene Phänomen, das man Liebe nennt. Auf diese Fälschung sind die Männer gekommen aus der Not ihrer psychologischen und sonstigen Pausen, aus der sie eine Tugend zu machen suchen, mit der sie die in der Theorie pausenlose Frau beruhigen. Wem alles andere leer ist, dem geht der Mund über. Und die Frauen, welche ja wissen, daß der Mann nicht so dumm ist, wie man glaubt, sondern viel dümmer, machen ihm den Gefallen, so zu tun, als hätten sie auch eine Metaphysik der Liebe. Aber vielleicht glauben es die Frauen dem Manne wirklich. Sie sind ja so grenzenlos gläubig, weil sie sich für die einzigen halten, die gut lügen können, und es dem Mann nicht zutrauen.

Das Linerl kam und war ein liebes Kind. Noch zu jung, wie sich bald herausstellte, aber das machte ja die Zeit mit jedem Tage besser. Ich weiß, man nennt das einen Wüstling, weil sich unsere populationistische Gesetzgebung in den Kopf gesetzt hat, mannbar sei die Frau, wenn sie Kinder bekommen könne -- als ob's den Mädchen daran läge! --, und dies sei erst nach sechzehn Jahren in unseren Breiten der Fall. Aber halten Sie mich bitte doch nicht für einen Wüstling, der auf Kinder aus ist. Es ist ja nicht die Altersgrenze, die ich meine. Es ist die psychologische Grenze zwischen dem naiv sinnlichen Geschöpf Gottes und dem sentimentalisch verdorbenen Gebilde, das gewiß auch sinnlich ist, daneben aber auch gefühlig, pathetisch, sozial interessiert, ambitiös, gebildet, schöngeistig und so weiter, lauter Eigenschaften, die die Frau niemals ihrer Sinnlichkeit überordnen kann wie der Mann, sondern die sie ihrem Sinnlichen beiordnet, sie mit ihm sich vermischen läßt zu einer fürchterlichen Melange. Ein Diktator schüfe das Paradies auf Erden, der den Frauen die Liebe freigäbe zwischen sechzehn und zwanzig, der ihnen das Kindergebären geböte von einundzwanzig bis dreißig und die Aufzucht dieser sechs bis sieben Stück Kinder für den verschwiegenen Rest ihres Lebens.

Das Linerl wurde etwas herausstaffiert, bescheiden seinem Alter gemäß, und kam und ging, ging und kam, fühlte sich sehr zu Hause bei mir, war von jedermann respektiert in ihrer zierlichen Grazie, mit der sie im Atelier den Tee servierte, wenn Bekannte da waren. Das währte so ein paar Wochen, und da verschwand sie. Nach Hause kommend, hatte ich sie auf dem Diwan mit einem Laufburschen aus dem Hause getroffen, sich balgend und so. Den Lausbuben schmiß ich zur Tür hinaus. Dem Linerl sagte ich kein Wort. Aber sie kam nicht mehr. Sie habe sich geniert, wie sie später sagte. Das Später war es um ein paar Monate, als ich mit einem Freunde am Starnberger See promenierend einen Kinderwagen ins Gebüsch fliegen sehe und etwas an meiner Brust liegen spüre. Es war das Linerl, von ihren Eltern in Dienst gegeben, ›bei Juden‹, wie sie bayerisch verächtlich sagte, um ein Wiegenkind zu bedienen, und wie unglücklich sie da sei und wie glücklich mich zu treffen, und daß sie fort und zu mir wolle und auf der Stelle, und gar nicht mehr zu den Juden gehen, und das Kind lasse sie da, wie es liegt und steht. Ich hatte in der Nähe ein Häuschen über den Sommer gemietet, und daß das Linerl bei uns ebensogut Stubenmädchen sein könne wie bei den andern Kindsmädchen, war ein einfacher Gedanke. Und vierzehn Tage später traf das Linerl ein mit ihrem kleinen Köfferchen. Sie besorgte das Haus und war nun auch richtige kleine Geliebte. Der Dichter Storm würde es ein Sommerglück genannt haben.

Der Lustspielverfasser Karl Rößler ist aber weit weniger poetisch, denn er nannte, als ich, wieder in die Stadt zurückgekehrt, ihn in der Maximilianstraße traf, das, was er gestern nachmittag erlebt habe, nur höchst reizend. Er habe eine Vierzehnjährige bei sich zu Besuch gehabt, blond wie ein Weizenfeld und blaue Augen und einen Mund voll lachender Zähne. Nach einigen weiteren Details mußte ich ihn fragen, ob das liebe Kind nicht Linerl heiße. ›Ja! Linerl heißt sie auch!‹ jubelte Karl R. und war ganz seliger Nachgenuß.

Ich schmiß das Linerl hinaus. Ich war damals noch sehr jung und teilte das Vorurteil männlicher Jugend, daß eine Geliebte einem allein gehören müsse, und daß das keine Liebe sei, die man mit Verfassern von Lustspielen teile, selbst wenn sie so charmant sind wie Karl Rößler. Man ist mit fünfundzwanzig ein Partikularist und legt keinerlei Wert darauf, daß in Frauensachen ein anderer denselben guten oder schlechten Geschmack habe wie man selber.

Es war Winter, als ich mit zwei Freunden im Varieté des Deutschen Theaters auf den sehr verspäteten und etwas rauschenden Eintritt einer Gesellschaft in die nebenan liegende Proszeniumsloge aufmerksam wurde. Drei Herren in Abendtoilette und eine Dame, die tief im Schatten eines mächtig mit Straußenfedern besteckten Hutes liegend einiges versprach, das sich mit dem Zeiß feststellen ließ, und mehr als das. Sie erraten, der große Hut war das Linerl. In ebenso großer Toilette. Und die drei Herren, ganz jung, älter, am ältesten, sahen aus wie Rastas, wie südöstlicher Adel, wie internationale Hoteldiebe. Es gibt Länder, wo man das alles in einer Person sein kann. Das überfließende Öl der Augen hielt etwas schwere Liddeckel, aus dem Bläulichschwarz von Kinn und Wangen brannte etwas vordringlich das Rot der unteren Lippe.

Das Linerl tat, als sähe es uns nicht, die wir zwei Arme weit entfernt in unserer etwas vorgekrümmten Loge saßen.

Wir quittierten nach Wunsch mit Indifferenz. Konnten es uns aber, weil wir ja doch noch sehr jung waren, nicht versagen, uns zum Schluß der Vorstellung bei der Garderobe sehr in ihre und ihrer Herren Nähe zu bringen. Und da gab es uns das Linerl. Vorbeirauschend, soviel das zierliche, kaum sechzehnjährige Kind es vermochte, ganz großartig von einem ihrer Herren mit dem Cape gefolgt, kam es höchst deutlich, damit wir es ja auch nicht überhörten, aus dem vornehm verzogenen Munde: ›Nicht wahr, lieber Fürst, wir fahren zum Grafen soupieren?‹ Ich muß es zu unserer Schande gestehen, wir lachten wie Flegel.

Ich kann im Augenblick nicht nach welthistorischen Ereignissen bestimmen, wann ich das Linerl wiedersah. Aber der Ort lag im Wasser des Undosabades, dessen kunstvoll erzeugte Wellen mir, der ich badete, ein der Badehaube nach weibliches Geschöpf zutrugen, das mich vergeblich durch ein Lächeln an sich zu erinnern suchte. Da sehr wichtige Teile ziemlich unsichtbar im Wasser lagen, war mein schlechtes Gedächtnis begreiflich. Und schließlich sagte das lächelnde, wasserprustende Wesen vorwurfsvoll: ›Ich bin doch das Linerl.‹ Sie würde jetzt gleich aus dem Wasser gehen, ich solle das auch und draußen auf sie warten. Welche längere Weile ich mich mit einem sehr stolzen Barsoi anzufreunden suchte, der sofort in einen Benz siebzig PS sprang, als eine sehr schöne, schlank-üppige Person aus dem Badehaus trat, auf das Auto zuging und sich suchend umsah. Und mich anlachte, als ich näher kam. Linerls war der Hund, der Chauffeur, der Wagen, eine Wohnung in der Königinstraße und vieles noch, was sie mir alles aufzählte, als wir über den liniengraden Makadam der Forstenrieder Chaussee nach München sausten. Sie habe einen Bankdirektor aus München zum Freund, der sie alle acht Tage besuche. Ich habe bemerkt, daß es zu den wesentlichen Funktionen von Bankdirektoren gehört, jungen Damen wie den Linerls gegen eine geringfügige Entschädigung ein Auto zu schenken. Es ist daher ungerecht, die wirtschaftliche Bedeutung der Bankdirektoren, wie es so häufig geschieht, anzuzweifeln. Auch dann nicht, wenn sich, wie es vorkommen soll, andere prominente captains of industry diesen Titel als nom de guerre zulegen oder ihn von einem Linerl zugelegt bekommen, weil er besser klingt als Margarinefabrikant. Das kapitalistische Wirtschaftssystem hat unzweifelhaft seine Schwächen, zum Beispiel die Herstellung von Proletariern, aber es hat auch seine Stärken, wozu ich den psychologischen Komplex zähle, in dem es enthalten ist, daß Linerl ein Auto hatte. Von einem Proletarier, und wäre es ein Buchdruckergeselle, hätte sie nie eins bekommen. Und von mir auch nicht.

Das Linerl war eine Dame geworden, wenn auch zunächst noch etwas im Stil der ›Dame‹. Sie lud mich für den anderen Tag zum Tee.

Man merkte es an allem, an dem, was man sah, was man hörte: Dame. Vor vier Jahren das kleine Mädel, Stück einer zahlreichen Brut der Portiersloge, dem, ich mußte da einmal Besuch machen, die Volkssitten verlangten das, die Mutter schwörend erklärte, sie würde dem Fratzen (das war das Linerl) das Kreuz abschlagen (das war ihr Rücken), wenn es dem Herrn Baron (das war ich) nicht ewig dankbar wäre.

Dieser Fratz tat in mit bestem Geschmack geführtem Hause mit Chauffeur, Zofe, Köchin, Maniküre und Literaten, als ob es seit Geburt so gewesen wäre. Wenn noch nicht alles klappte, lag es an der Stadt München, welche soziale Grenzverwischungen liebt. So sagte das Linerl zu ihrer Zofe du, und ich hätte mich nicht gewundert, wenn die mit du geantwortet hätte.

Daß bei ihr sehr feine Leute verkehrten, erzählte das Linerl, wie der Baron Schrank-Nothing, die Mary Irber, ein verbleichender, die Katja Schatzberger, ein aufgehender Stern, ein Herr vom Polizeipräsidium, und der patagonische Gesandte möchte schrecklich gern bei ihr eingeführt werden, aber sie habe was gegen schwarze Indianer.

Da ich zuweilen etwas gegen Urteile, nie aber das geringste gegen Vorurteile fühle, ließ ich das liebe Wesen bei ihrer indianischen Abneigung und erkundigte mich nach der besonderen Überraschung, die sie mir für diesen Nachmittag versprochen hatte, damit ich bestimmt komme.

Das Linerl ging zum Nebenzimmer und öffnete die Tür. ›Aber nur zum Anschaun‹, sagte sie. Da lag unter dem Spitzenregen des Betthimmels ein Kind. ›Es ist meine kleine Schwester nach mir, so alt wie ich damals, du weißt.‹

Wirklich wie das Linerl von damals, nur den Augen und dem Lächeln konnte man absehen, daß Linerl die Zweite schon etwas vertrauter mit den Realien des Lebens war als Linerl die Erste damals. Vielleicht durch die Bemühungen des Herrn vom Polizeipräsidium. Es gehört ja zu den Pflichten hoher Amtspersonen, den Menschen frühzeitig gegen die Gefahren zu rüsten, in die er durch Unwissenheit gerät. Das Mädel streckte mit der kindlichen Schelmerei gewisser in kleinen Bürgerkreisen beliebten Plastiken aus Gips einen Fuß aus der Seidendecke und knickste zu meiner Begrüßung mit dem größten, immer noch recht kleinen Zeh.

Ich war gerührt von Linerls Aufmerksamkeit, die sie dem Gaste mit dieser Überraschung erwies. Aber leider hatte ich nicht mehr oft Gelegenheit, Linerls Tee und dessen Gesellschaft durch meine Anwesenheit zu verschönern. Denn es hub Geschichte an, und die Geschichten hörten auf. Die individuellen Beziehungen lockerten sich in dem Maße, als sich die Beziehungen der Völker verdichteten.

Ich hörte lange nichts mehr von Linerl und sah nichts mehr von ihr.

Es war im zweiten Kriegswinter auf einem Weihnachtsbasar, wo zum Vorteile der Krüppel reizendes kannibalisches Spielzeug verkauft wurde, hölzerne Figürchen, die als Ruß und Pruß aufeinander losschlugen. Eine schöne blonde Frau in Schwarz verkaufte Liköre an die Überlebenden zugunsten der Halbtoten.

Es war nicht geradezu ein Lächeln unter Tränen, das mich begrüßte, aber doch eines wie schillernd eingefangen in ein Netz von anmutigster Melancholie.

›Ja, mein Gatte ist gefallen‹, sagte das Linerl. ›Baron N., Rittmeister bei den Gardedragonern. Vor zwei Monaten.‹

Ich küßte der Frau Baronin kondolierend die Hand.

Nein, das ist noch nicht der Schluß. Den vorläufigen Schluß bekam ich gestern vorgestellt in der Prinzessin Karl Wendelin von Hohenzollern. Aber diesmal fand es das Linerl schicklicher, so zu tun, als hätte sie mich nie gekannt. Und ich war ganz Respekt. Die dreifache Perlenkette reichte bis an die Knie.«

»Das ist eine recht triviale Geschichte«, sagte Lisa Benedict, die mit natürlichster Haltung George las.

»Ja«, sagte der Baron, »recht trivial, weil es eben gar keine Geschichte ist, sondern Wirklichkeit des Alltags. Ein Stümper, wer so was erfände.«

Man besprach dann noch ähnliche Beispiele, von der erfinderischen Phantasie, von den Hohenzollern, von einer Schauspielerin ... aber das sind andere Sachen.

Die Entführung

Im Zwischenakt nach Romeos einziger Nacht meldete der Logenschließer, Baronesse Albertine würde ans Telefon gebeten. Kam zurück und sagte:

»Fini Brockhausen hat angerufen. Sie und ihr Mann erwarten uns nach der Vorstellung bei sich zu Hause. Sie schicken ihr Auto. Ich habe auch für dich zugesagt, Mie.«

Mie hatte nichts dagegen, da Albertine ihr versicherte, sie würde ihren Gatten bestimmt bei Brockhausens nicht treffen. Mie, eine junge Frau von dreißig Jahren, bereitete gerade ihre dritte Ehescheidung vor. »Weiß Gott, warum du immer gleich heiraten mußt, wenn du genau weißt, wie's ausgeht«, sagte Albertine, deren neunzehn gänzlich unerfahrene Jahre sich darin gefielen, von Liebessachen etwas frivol zu sprechen. Sie wußte übrigens auch, daß das gut zu ihrem schlanken, jungenhaften Körper paßte und zu dem kleinen Köpfchen im halblang geschnittenen Haar.

»Mir machen halt Verhältnisse nur Spaß, wenn sie legitim sind«, erklärte Mie. Da flog der Vorhang auseinander vor dem Klostergarten. »Der Julia ist es genauso gegangen.«

Der Chauffeur erwartete die beiden Damen im Foyer und brachte sie zum Auto. »Rührend ist die Fini«, meinte Mie, als man im Coupe vor Pelzdecken kaum Platz zum Sitzen fand. »Als ob's drei Stunden auf den Semmering ginge und nicht drei Minuten in die Gußhausgasse.«

»Und die Heizung ist auch eingeschaltet«, stellte Albertine fest, »es ist wie in einem Treibhaus.«

Der Wagen sprang an. Glitt nach kurzem Manöver in eine wagenleere Seitengasse und nahm ein Tempo, daß die Damen mit einem Ruck gegen die Rückwand prallten.

»Na, na, der hat's pressant«, meinte Mie und nahm ein unterbrochenes Gespräch wieder auf. »Schau, Berti, das verstehst du eben noch nicht. Das hat auch mit der Freundschaft nicht das mindeste zu tun. Wir stehen im Anfang der Saison. Ohne alle Absicht, ganz von selber gibt's da leicht Ähnlichkeiten, Wiederholungen und so, im Schnitt, in der Linie. Ich habe sie entdeckt, ich habe sie nach Wien gebracht, sie gehört mir allein vorläufig. Ich kann sie dir nicht geben, Berti. Im Frühjahr vielleicht, nach dem ersten Rennen.«

Man erkennt, daß es sich um Mies Schneiderin handelt, wenn solche Bezeichnung hinreicht für eine Person, die, wie Mie in bisher acht Toiletten gezeigt hatte, wahre Wunder schuf. Albertine war nicht die einzige, die sich bemühte, diese geheimnisvolle, fabelhafte Person herauszukriegen.

»Also sei mir nicht bös.«

Albertine schaute zum Wagenfenster hinaus. »Wie fährt denn der Mensch? Wir müßten doch, bei dem Tempo, schon da sein!«

»Das sieht ja aus wie Meidling oder so«, meinte Mie, zum andern Fenster hinausblickend. Der Wagen sauste durch eine Gegend, deren geringe Beleuchtung ganz niedere Häuser zuweilen sichtbar machte, kaum hier und da einen Fußgänger oder das gelbe Licht aus einer Kneipe.

»Chauffeur!« Mie klopfte an das vordere Fenster. Der krumm über das Lenkrad gebeugte Mann rührte sich nicht, hörte nichts. Der Wagen nahm Fahrt, daß man das Rechts und Links der Straße nur als einen etwas helleren Strich im nächtlichen Dunkel merkte. Da zerfloß auch dieser Strich, zerging in Nacht.

»Berti!« Mie faßte nach einer Hand, die sich ihr aus gleichem Gefühl entgegenstreckte. »Was ist das?« Angst preßte die beiden Frauen aneinander, daß sie sich umklammerten, als ob sie im nächsten Augenblick in einen Abgrund stürzten. »Entweder ist der Mensch wahnsinnig oder …« Albertine wollte die besseren Nerven haben, löste sich los, griff an die Tür: sie war von außen verschlossen. Auch die andere. Mie tat einen langen Schrei, wie es ihr vorkam; aber es war nur ein ganz dünner, hoher Laut, kaum ihr selber hörbar im Krachen des Auspuffs. Der Mann am Lenkrad pumpte Öl wie ein Besessener. Albertine legte das Gesicht hart an das Fenster. Mondlicht kam über hohe Bäume. Man fuhr durch Wälder. Mie vergingen die Sinne. Sie sank in die Ecke. Albertines Flakon mit dem zartduftenden Coty-Mystère hatte unter Mies kleine Nase gesteckt nicht die geringste Wirkung. Wenn man ein Fenster einschlüge? Aber den verrückt gewordenen Chauffeur würde das kaum vernünftig machen, und hören würde es auch niemand. Albertine sank an die ohnmächtige Freundin und schloß die Augen.

Es war eine scharfe Kurve des Wagens, welche die beiden Damen etwas grob aufweckte aus halbem Schlaf, halber Ohnmacht. Da wurde auch schon die Tür aufgerissen, eine Hand streckte sich ins Coupé, eine Männerstimme wurde hörbar, welche die Damen auszusteigen bat. Der nun aufblitzende Scheinwerfer des Autos zeigte ein halboffenes Portal mit einem Stück alter Fassade, efeubewachsen, einen Diener mit flackerndem Armleuchter und die zum Aussteigen einladende Person, einen älteren Mann mit der Würde eines Schloßkastellans. »Fürchten Sie nichts, meine Damen, es ist nur eine kleine Überraschung«, sagte er, als die beiden auszusteigen zauderten, »nichts als das.« Die mutigere Albertine wollte sprechen, fragen, aber das Wort blieb ihr im Munde stecken, der, ganz ausgetrocknet, sich kaum öffnete. Da kam es ganz weinerlich aus dem Wagen: »Was wollen Sie denn von uns, um Gottes willen?« Es war Mie, die sich in Tränen auflöste. Der Scheinwerfer erlosch, und zum Diener mit den Kerzen trat aus dem Portal ein zweiter, der ein Windlicht trug. Von irgendwo aus einem Fenster des im Dunkel starrenden Gebäudes kam, mehr Befehl als Frage, eine Stimme: »Wird's bald?« -- »Sie sehen, meine Damen, es ist Zeit und in Ihrem Interesse. Je rascher Sie folgen, um so früher sind Sie wieder zu Hause.«

Der Diener mit dem Kandelaber schritt voran in die Halle. Hinter ihm, mehr sich schleppend als gehend, Mie und Berti. Dann kam der mit dem Windlicht. Eine Wendeltreppe ging's hinauf, ein Stockwerk, ein zweites, ein drittes. Das Zimmer war kreisrund, in dem nun die Lakaien die Lichter auf den gedeckten Tisch stellten und das einzige Fenster schlossen. Das Mobiliar schien etwas a l'improvisato in den kahlen Raum gebracht worden zu sein, denn ein Sofa, eine Couchette, ein reichlich versehener Toilettentisch standen etwas geniert und allzu füllend herum. Da trat der Kastellan mit einer älteren weiblichen Person herein, wohl einer Kammerfrau. Und sagte zu Mie: »Das Fräulein wird Ihnen behilflich sein. Die Gnädige sind nämlich gebeten, sich sofort auszuziehen.« Mie tat einen großen Schrei, Albertine machte das Echo. »Ein Protest wird nichts nützen, meine Damen. Wir scheuen auch vor der Gewalt nicht zurück, sosehr wir es bedauerten. Wir warten vor der Tür.«

Die drei Männer verließen das Zimmer. Man hörte, wie ein Riegel vorgeschoben wurde. Die hagere Person lächelte süßsäuerlich, aber sprach kein Wort zu den auf sie mit Fragen einstürmenden Frauen, sprach kein Wort als »Ich bitte«, und ihre Hände streckten sich nach den vermuteten Degraffen von Mies Toilette.

»Wir sind wahrscheinlich in einem Irrenhaus, Mie, es ist das beste, darauf einzugehen. Man soll Narren nicht reizen.«

»Aber ich kann mich doch nicht so ausziehen lassen -- es ist entsetzlich!«

»Also es sollen schon schlimmere Dinge passiert sein auf der Welt, Mie. Mörder würden jedenfalls nicht erst verlangen, daß man sich entkleidet.«

»Und warum denn gerade ich? Sagen Sie, warum denn gerade ich?« Aber die Person an der Tür zuckte nur die Achseln. Von draußen eine Stimme laut und befehlend: »Wir geben noch eine halbe Minute Zeit!«

Ich will, verehrte Leserinnen, Ihre Geduld nicht in der Weise erschöpfen, wie es Mie und Albertine gegenüber den Bösewichtern taten, und rasch sagen, was Sie ohnedies schon dachten: Mie zog sich aus. Stand oder lag vielmehr aufweinend in ihrer blühweißen und sehr aparten Unterwäsche an Albertines Hals, die tröstend tat, was sie konnte, und das war weiß Gott nicht viel in so ungewohnter Situation, während die ältliche Person mit dem Kleide verschwand durch die eine Tür, die sich ihr auf ein Klopfen öffnete, um gleich wieder verriegelt zu werden.

Da sie erst unmittelbar bei Eintritt des Grauenvollen, das sie erwarteten, das Bewußtsein verlieren wollten und nicht schon früher, nahmen sie von den delikat angerichteten Speisen, denn der Hunger ließ sich merken, nichts, das vergiftet oder berauschend hätte sein können, weder Wein noch kalten Braten, sondern Eier in der Schale, die fast noch warm waren, und Obst. Mie hatte sich, kein Wunder, daß sie fror, ihren Mantel und den Albertines angezogen, die -- es ist ihrer Jugend und dem gestillten Hunger zuzuschreiben -- die ganze Geschichte komisch zu nehmen anfing.

»Weißt du was? Es ist eine Filmaufnahme!«

»Aber wieso denn, Berti? Beim Filmen geht's doch ganz anders zu, soviel ich hörte. Nein, es ist sicher was Schreckliches. Du weißt nicht, zu was Männer alles imstande sind.«

»Na, die wir bis jetzt gesehen haben, machten nicht den Eindruck, liebe Mie.«

»Aber da rief doch einer, erinnerst du dich nicht, wie wir noch vor dem Tor im Auto saßen, eine wilde Stimme ...«

»Der Heldentenor des Abenteurers, stimmt. Wenn ich nur mehr von der Frau Courths-Mahler gelesen hätte, dann könnte ich ihn mir genau vorstellen.«

»Mir ist deine Frivolität unbegreiflich, Berti. Wo nimmst du nur den Mut dazu her?«

»Ich hab' es, Mie! Es hängt irgendwie mit deiner Ehe oder einer deiner Ehen zusammen.«

Mie ließ auf die reizendste Weise ihr Mäulchen offenstehen.

»Aber natürlich, Mie. Dein eifersüchtiger Gatte arrangiert hier mit Hilfe weiß Gott welcher Spitzbuben so was wie ein flagrant délit ...«

»Hör auf, Berti, die Vorstellung ist zu entsetzlich, daß ich hier mit einem ganz fremden ...«

»Aber dazu braucht es ja nicht zu kommen, Liebste, es genügt doch, daß man dich in dem Dérangement deiner Toilette findet. Der düstere Held braucht ja gar nicht aufzutreten, nur dein Mann mit einer Person vom Gericht.«

»Aber mein Mann ist ja nicht die Spur eifersüchtig. Das ist ja einer der Hauptgründe, warum ich mich von ihm trennen will! Wenn's nämlich den Mann nicht ärgert, mußt du wissen, dann freut mich der ganze Schwindel nicht. Und mein Mann ärgert sich nicht im geringsten.«

»Dann, Mie, steh uns Gott bei. Dann ist es etwas ganz Mysteriöses.«

Die beiden Frauen, jede in eine Ecke des Sofas gehockt, mit angezogenen Beinen, schauten schweigend in die abbrennenden Lichter. Mie wußte nicht, daß ihr die Tränen über die Wangen liefen, und Albertine war mit einem Male die Laune vergangen. Denn sie sah, daß die Kerzenlichter nah ihrem Ende brannten, und vor nichts hatte sie mehr Angst als vor einem dunklen Zimmer in der Nacht. Sie erhob sich rasch und blies alle Lichter aus bis auf eines. »Was tust du denn, Berti?« -- »Leider fällt mir's zu spät ein, wir werden bald im Dunkeln sitzen.« Mie stöhnte laut auf, wollte schreien. »Nicht, Mie, das regt dich und mich nur noch mehr auf, wenn du so schreist. Wir müssen jetzt auf das Licht aufpassen, immer eines der anderen Stümpfchen anzünden, wenn das eine verlöschen will.«

Sie saßen dicht aneinandergeschmiegt, und Albertine gab auf das Licht acht. Wie spät es wohl sein mochte? Daß sie daran ganz vergessen hatte! Sie sah auf ihre Armbanduhr. Es war eins vorüber.

»Wie lange sind wir wohl hier, Mie?« Aber Mie gab keine Antwort. Sie war eingeschlafen.

»Eine Stunde vielleicht«, rechnete Berti. »Dann sind wir gegen zwölf Uhr hier gewesen. Um halb elf war die Oper aus. Wir sind über eine Stunde im Auto gefahren. Das fuhr wohl mit einer Geschwindigkeit von hundert. Wir sind hundert Kilometer weit von der Stadt. Wo kann das sein, Mie?« Aber Mie schlief. Und Berti kämpfte mit der Müdigkeit. Das unverwandte Sehen in die Flammen drückte ihr fast die Augen zu. Da mußte sie ein anderes Licht anzünden. Das brennende ging zu Ende. Sie wollte Mie von sich lösen, auf das Sofa betten, aber die ließ sie schlafend nicht los, hielt sie fest, die Arme um ihre Taille gelegt. Da fiel der Docht um, eine hohe Flamme gab's noch, und nun war's Nacht im Raum. Albertine ließ den Kopf über die Freundin sinken. Ein Schauer flog über ihren Leib und drückte sie in den Schlaf.

Ich glaube, verehrte Leserinnen, daß ich als indiskreter Zuschauer dieses garstigen Abenteuers schon weit genug gegangen bin, um auch noch dieses zu wagen, daß ich die Träume der beiden jungen Damen verrate. Sie wissen, daß Träume nicht nur Ängste ausdrücken, sondern auch versteckte Wünsche. Ich beschränke mich auf die Mitteilung, daß die beiden nicht direkt Unangenehmes träumten und nur die Traumsituationen etwas seltsam waren, was sich aus der ungewohnten und nicht ganz bequemen Lage erklärt, in der sie schliefen, in der sie der Schlaf überfallen hatte, ohne ihnen eine kleine Zeit zu gönnen, es sich dafür bequem zu machen, wie man es gewohnt ist.

Man war im Oktober, wo die Sonne schon spät aufgeht, und zu erraten war es daher nicht, ob man sich noch in der richtigen Nacht oder schon mehr gegen den Morgen zu befand, als die beiden Schläferinnen von hellem Licht und sehr freundlicher Stimme erwachten und einige Zeit brauchten, sich zurechtzufinden. Zunächst sahen sie nur, daß sehr viele Lichter brannten. Und dann einen eleganten Herrn, etwas übertrieben elegant, wie Albertine merkte, der mit höflichen Gebärden und liebenswürdigem, um Verzeihung bittendem Lächeln etwas sprach, das mehr englisch als deutsch klang. Als schöne Frauen, die sie seien, würden sie ja wissen, was die Schönheit der Frau alles über den Mann vermöge und wie sie imstande sei, ihn zu ganz Verrücktem zu veranlassen, ja ihn ganz verrückt zu machen. Es sei unerhört, was er sich erlaubt habe, und durch nichts gutzumachen, auch nicht durch das ganz bescheidene Andenken, das die beiden verehrten Damen im Auto finden würden, das sie wieder zur Stadt brächte, sofort, sowie die Damen befehlen. Er sei leider verhindert, selber zu chauffieren wie auf dem Herweg, aber die Damen ... Auch wenn der elegante Herr nicht ohne Pause gesprochen hätte, Mie und Berti waren zu verwirrt, als daß sie ihn hätten unterbrechen können. Erst im gleich zu erzählenden Moment fand Mie ihre Sprache wieder, wenn's auch nur -- sie hatte ein Faible für Unartikuliertes -- ein kleiner Schrei war. Der Herr winkte. Er winkte wirklich mit der Hand, wie man es von Schauspielern in Stücken sieht, und ein trat eine junge, schlanke Person, etwas lächelnd, etwas sich schaukelnd und wiegend, trat herein, ging vorbei, kehrte um, ging wieder vorbei, lächelte, sich wiegend. Da kam Mies kleiner Schrei. Denn die hübsche Person hatte Mies Kleid an, führte es vor.

»Oh, bitte«, sagte der englische Herr. Und es trat die säuerliche Zofe vor, mit Mies Kleid, das sie sich vom Arm nahm und zum Helfen bereit nun hielt. Der Herr ging rasch ans Fenster und blickte diskret hinaus, obzwar da nichts als vollkommene Nachtschwärze zu sehen war. Der lächelnde Mannequin schaukelte nicht mehr, sondern stand jetzt mit Stützbein, die Linke leicht auf den Tisch gelegt. In zwanzig Sekunden war Mie mit Hilfe Albertines angezogen, um, wie sie sich schon anmerken ließ, allsofort zu explodieren. Aber sie kam nur zum Anschlag. Denn als sie gerade gesagt hatte: »Das ist --«, unterbrach sie der wieder ihr zugewandte elegante

Herr, indem er bittend die beiden Hände aneinanderlegte, mit dem Nachsatz: »... eine Unverschämtheit. Mindestens das. Ich habe Ihr prachtvolles Kleid kopieren lassen. Meine Frau, oh, Sie kennen sie nicht, sie erreicht, was sie will, wollte genau das gleiche. Nie hätten Sie mir, meine Gnädige, Ihre Schneiderin genannt. Ich liebe meine Frau. Sie ist fast so schön wie Sie. Nur fast. Denn Sie sind sehr schön. Meine Frau ist nur schön. Ich mußte Ihnen das Kleid stehlen. Ich war der Chauffeur. Den Schneider besorgte ich mir im Zwischenakt.«

»Auch dieses Kastell?« fragte Albertine.

»Das habe ich gestern für den nächsten Sommer gemietet und hoffe, die Damen als unsere Gäste zu sehen. Meine Frau wird entzückt sein.«

Bevor Albertine eine Viertelstunde später im Auto das Licht ausknipste, hatten die beiden Entführten Zeit, jede von einem Blumenstrauß, einer von roten, einer von gelben Rosen, ein Perlenkollier zu lösen, an dessen Echtheit nicht zu zweifeln war, nachdem Albertine die größte Perle zwischen ihren Zähnen versucht hatte.

»Aber eine Unverschämtheit ist es doch«, sagte Mie.

»Was?« fragte Berti.

»Daß jetzt diese Person, die Frau Mac Hardy, genau mein Kleid tragen wird.«

»Aber sie tut es doch in New York oder in Chicago, Mie!«

Irene

Keiner von ihren Freunden bestritt es bei sich, wenn Irene wiederholte, sie sei eine Frau wie irgendeine andere, weder hübsch noch häßlich, weder gescheit noch dumm, weder langweilig noch interessant. Jeder gab es bei sich zu, sie sei wie irgendeine der vielen, der meisten Frauen, die im Zufall ihres Geschlechtes eine Auszeichnung tragen, die sie, ganz ehrlich, als eine dumme Last empfinden. Und dennoch zog Irene die Männer durch etwas an, das zu definieren sie sich vergeblich bemühten. Ein Duft, meinte der eine. Etwas im Gang, sagte der andere. Und ein dritter traf es am richtigsten mit dem banalen Wort, sie habe das gewisse Etwas. Seit fünf Jahren verheiratet, gab die kinderlose Ehe mit einem älteren Mann ohne Tun und Titel -- er nannte sich einen Privatgelehrten und schien sich mit Astrologie zu beschäftigen -- hinreichend viel Liberalität in Verkehr und Situation, um es öfter als einmal geschehen zu lassen, daß einer der Männer des Kreises den Vorstoß auf Irene wagte und seine Liebe erklärte. Da sie durch keinerlei Koketterie dazu herausforderte und unter den ja immer blöden Liebesreden zu leiden schien, blieb sie beim zweiten, beim dritten und vierten Male bei der beim ersten Male erprobten Abwehr, die eine gut abkühlende Wirkung hervorgerufen hatte, von ihr gar nicht weder erwartet noch überlegt. Denn Irene besaß weder besonderen Geist noch gar die Geschicklichkeit einer selbstbewußten Frau. Sie wiederholte die Sätze des Verliebten, zweimal, dreimal: es war Hilflosigkeit gewesen und wirkte wie überlegte Parodie. Was nicht hinderte, daß die Abgeblitzten nach einiger Zeit wieder mehr als je dem gewissen Etwas verfielen und sich verliebt im Duftkreis dieser Frau bewegten, die war wie irgendeine andere.

Da kam ein Zwanzigjähriger in Irenes Nähe -- nicht nötig, ihm einen Namen zu geben --, und diesem jungen Menschen müssen die Worte seiner Werbung wohl sparsamer, aber heißer aus dem Innern gebrochen sein als seinen abgeschlagenen Vorgängern, denn Irene vergaß es vollkommen, sie parodistisch zu wiederholen, ja, sie ließ ihm die Hand, die er gefaßt hatte, und mehr noch, sie mußte ihre Finger in diese fast noch knabenhaft derbe Hand eingraben, wie um sich im gefühlten Sturz und Flug zu halten. Aber es währte nur einen Augenblick. Ihre Augen sahen wieder das Umgebende, und

Nächste, sich selber. Ob es nun die heftig andrängende Jugend des übungslosen Mannes war, die solche Poesie aus ihr lockte, oder ob es Erinnerung an einen gestern gelesenen Satz war, sie sagte anderes als sonst in solcher Situation. »Knaben«, sagte sie, »werfen flache Kiesel zum Spiel über das Wasser. Es bäumt sich nicht hoch. Es müßte mir ein Felsblock in die Seele ...« Erschrocken selber hielt sie den Satz auf. Denn der junge Mensch wurde ganz Feuer. So kam die fatale Stunde.

Irene wehrte ihn ab, als er ihr helfen wollte, sich zu entkleiden. Und als sie nackt vor ihm stand, weder schön noch häßlich, sondern wie irgend jede Frau, die nichts anhat, da sagte sie es, was sie in seinem Blick zu lesen glaubte: »Nicht wahr? Eine Frau wie alle andern. Nun ist's zu Ende mit der Liebe, nicht wahr?« Sie kam sich mit einem kleinen Mitleidgefühl zu sich selber vor wie ein armes Tier, dem ein Dämon für diesen einen Satz menschliche Stimme verliehen hat, diesen einen Satz: »Ich bin ein armes Tier.«

Was dann weiter geschah, mit Irene, dem jungen Mann oder mit beiden, das ist für dies Bildnis ohne Bedeutung. Aber um keine falsche Spannung zu erregen: es geschah nichts.

Familienbildnis

Ohne sich anmelden zu lassen, trat Herr Tobi Ornotobi bei seiner Frau ein. Die schöne Dolly ließ sich vor dem großen Spiegel sitzend die Fingernägel polieren, und ihre linke Brust glich einem Becher aus der rosenfarbenen Familie des chinesischen Porzellans. Aber als sie ihren Mann sah, verbarg sie die Fürwitzige und auch ihren Mund, weil den ein Gähnen öffnen wollte.

»Dein Papa ruiniert mir meine ganze politische Karriere!«

»Ist er vom Pferd gestürzt?«

»Es ist höchst ernsthaft! Er wurde heute nacht wegen Trunkenheit und Spektakelns aus einem öffentlichen Hause hinausgeworfen, wo er sich mit ebensolchen Mädchen ...«

»Der arme Papa. Bei seinem Alter und seinem Asthma muß das sehr anstrengend sein.« Dolly unterdrückte das Gähnen nicht mehr.

»Und nicht einmal allein treibt er seine Ausschweifungen. Nimmt sich Herrn Assolan dazu mit!«

»Was sagst du da? Assolan?«

»Was hast du denn, Kind, du wirst ja blaß?«

»Nichts hab' ich! Aber glaubst du, es ist zu hören angenehm, daß sich der eigene Vater so benimmt? Und mit wem noch dazu? Mit Herrn Assolan! Hat man den auch hinausgeworfen?«

»Nein. Der hatte sich mit einer dieser Damen zurückgezogen.«

»Unerhört, daß die Polizei solche Häuser duldet! Auspeitschen sollte man solche Frauenzimmer! Einen alten Herrn wie den Papa zu verführen!«

»Aber ...«

»Nein, laß mich! Du bist unausstehlich. Ich lasse mich scheiden!«

Und Dolly warf sich weinend auf eine Chaiselongue. Der Gatte stand ratlos. Während Dolly einen ihrer gefährlichen Nervenanfälle hatte -- außerordentlich gefährlich für die Umgebung.

Das Rendezvous

Als Alex aufwachte, wußte er weder Ort noch Zeit. Teufel! Er lag auf einem Sofa in einem Chambre particulier eines Restaurants. Und es war hellichter Tag, wie man aus der Sonne schließen konnte, die durch die nicht ganz dichtenden Vorhänge drang und den Raum in zwei Hälften teilte: die flimmernde Bahn ging über einen mit den üblichen Resten eines Mahles bedeckten Tisch: Obst, Flaschen, halbvolle Gläser, Tassen, Zigarrenstummel, Asche.

Alex monologisierte: Die hätten mich doch aufwecken und mitnehmen können, weiß Gott. Brankas und Guttinger sind entschuldigt, die kenn' ich zuwenig. Aber Kolo, mein Freund und der meiner Frau, dieser Esel!

Alex streckte den Arm und drückte die Klingel. Der Kellner kam.

»Wie spät ist's denn?«

»Mittag, Herr Baron.«

»Die Rechnung.«

»Ist alles bezahlt.«

»Dann geben Sie mir meinen Paletot.«

Alex hielt sich etwas schwankend aufrecht, als ihm der Kellner in den Paletot half. Dann steckte er ganz mechanisch eine Hand in die Tasche. Darin fühlte er ein gefaltetes Blatt Papier und zog es heraus. Mehr aus Stumpfsinnigkeit denn aus Neugierde las er:

»Ich erwarte Dich morgen mittag um zwei. Karlstraße siebzehn. Hotel. Zimmer siebenundzwanzig. Ich bin so glücklich! Frage unten nach Frau Pohl.«

»Morgen?« dachte Alex. »Aber morgen, das ist doch heute!« Er rieb sich die Augen und las noch einmal die zierliche Schrift auf dem duftenden Papier. Er monologisierte. »Ich kann mich durchaus nicht erinnern, welche der Damen von heut' nacht mir ein Rendezvous gegeben hat. Aber ich war auch nicht in der Verfassung, was zu merken, und bin jetzt nicht in der, mich zu erinnern. Also da war das Primelchen ... die war's nicht. Die kann mich nicht aussteh'n. Dann war da die Lisa Kersavenn ... aber über die wacht doch Brankas wie ein vorgetretener Augapfel. Bleibt also nur Lotti Huyzhausen, die so reizende Holländerin ... ich war nett mit ihr, und sie mit mir. Die hat aber doch Kolo mitgebracht! Seine Freundin! Kolo mit seiner Freundin betrügen ist ja nicht der Gipfel der Delikatesse, aber sie ist reizend, diese Lotti! Und schließlich hat mich Kolo wie ein Kolli hier liegenlassen, dieser gemeine Mensch. Außerdem erwartet mich meine Frau erst heute abend vom Gut zurück. Und schließlich kann ich gegen diese entzückende Lotti nicht den keuschen Joseph spielen. Wir leben doch in einer zivilisierten Gesellschaft. Ich werde um zwei Uhr auf Nummer siebenundzwanzig von Nummer siebzehn sein und ›Frau Pohl‹ besuchen und Kolo betrügen. Vor allem das. Punktum.«

Alex klingelte dem Kellner.

»Ich will frühstücken und ein Viertel vor zwei ein Auto.«

Punkt zwei hielt das Auto in der Karlstraße vor Nummer siebzehn. Ein kleines Absteigehotel, dem man es aber von außen nicht anmerkte. Alex hatte ein paar Dutzend Austern gegessen und einen vorzüglichen Chablis getrunken. Er war wieder völlig in Form. Der Portier gab ihm, als er nach Frau Pohl fragte, den Schlüssel für Nummer siebenundzwanzig.

Die Tür ging geräuschlos auf wie eine Tür, die weiß, was sich gehört, und Alex trat in einen Salon, dessen Vorhänge heruntergelassen waren. Eine halb hochgezogene Portiere gab Aussicht in ein anderes Zimmer, in dem, wie er merkte, Kerzen brannten. Alex machte ein paar Schritte über den weichen Teppich und erblickte eine junge Frau auf einem Kanapee, die ihm den Rücken zugewendet las. Sie hatte wenig an, aber dies mit vollendetem Geschmack. Da drehte sie sich zu Alex und wurde bleich wie ein Linnen. Alex fiel der Hut aus der Hand.

Die Dame war seine Frau. Sie erhob sich, und es gab eine entsetzliche halbe Minute. Bis Alex mit Geistesgegenwart begriff, daß ihm seine Frau hinter die Schliche gekommen und darauf vorbereitet sei, ihm eine große Szene zu machen. Er versuchte, sie durch demütige Unterwerfung zu entwaffnen.

»Verzeih mir, Gretl ...«

Bei diesen Worten zuckte die gnädige Frau ein bißchen zusammen, aber fand sich sofort wieder wie durch ein Wunder.

»Du hast's in deiner Eifersucht erraten, daß meine dreitägige Reise nach Märzdorf auf's Gut ein Schwindel war. Du hast mich verfolgen und mir das Billett da in die Tasche praktizieren lassen und erwartest mich hier. Ich hätte übrigens deine Schrift erkennen müssen. Verzeih, Liebstes!«

Er überreichte seiner Frau das Billett. Sie sah es mit einiger Verblüfftheit an und zerriß es.

»Man kann dir nichts verbergen, Alex. Ja, ich habe das arrangiert.« Und mit bedeutend strengerer Stimme: »Ich weiß jetzt, was ich zu tun habe. Du bist ein gemeiner Betrüger! Aber geh nur wieder zu deinen Frauenzimmern! Es gibt noch Richter! Ich lasse mich scheiden! Mich so gemein zu hintergehen!«

Der Zorn stand ihr prachtvoll. Nie war sie so schön gewesen. Alex merkte das. Er legte sich auf die Knie. Er war zerknirscht. Er bat, er flehte, er wurde leidenschaftlich. Und wie soll ein schwaches Weib dem widerstehen? Frau Gretl verzieh ihm. Mehr noch! Es kam eine Stunde, die wie im Honigmond vergessen war, wieder, und man verbrachte sie dort, wo die Kerzen brannten. Ich habe doch eine reizende Frau, dachte Alex, als sie Arm in Arm das Hotel verließen.

Man ging zu Fuß nach Haus. Die frühe Dämmerung des Winters paßte so gut zu ihrer zärtlichen Stimmung. Endlos hätten sie am liebsten den Weg gewollt. Aber, wie man weiß, ist endlos nur der Weg der Schmerzen, nicht der Freuden.

Das öffnende Stubenmädchen empfing den gnädigen Herrn mit der Mitteilung, Herr Kolo sei schon fünfzehnmal hiergewesen und hätte nach dem gnädigen Herrn gefragt. Schließlich hätte er einen Brief hinterlassen. Und Alex las:

»Lieber Alex. Du mußt meinen Paletot haben, denn ich habe den Deinen. Der Trottel von Kellner hat sich geirrt. Schicke ihn mir sofort. Ich habe höchst wichtige Papiere in der Tasche, die ich sehr brauche und die Du bei Deiner bekannten Diskretion wohl auch nicht ansehen wirst. Dein treuer Kolo.«

Alex wurde etwas grün. Er ließ den Arm seiner Frau los und trat nah' unter das Licht. Kein Zweifel, er hatte Kolos Paletot an, und das Rendezvous galt gar nicht ihm. Er wollte einen Fluch tun, aber er besann sich und lächelte. Denn schließlich hatte er doch Kolo betrogen, nicht?

+++

Die Moral: Niemals entspricht der Konstruktion des im bürgerlichen Leben »pikant« Genannten irgend etwas in diesem oder einem sonstigen Leben. Die Gattung ist rein fiktiv und behauptet sich gerade deshalb trotz ihrer schwermütig machenden Dummheit. Sie ist das Phantasieprodukt eines spießbürgerlichen Hirnes und hat überall deren Spuren nicht nur, sondern deren Textur, vor allem in der moralischen Wohlanständigkeit, die das »Unsittliche« im Komischen »nicht existent« macht.

Adrienne

Was das äußere Leben betrifft, so bekannte sich der fünfunddreißigjährige Nikodem von Nieffen zu der Anschauung, daß das, was man tue, von geringerer Bedeutung sei als die Art, wie man es tue. Solche Indolenz der Haltung diente aber nicht als ein Schleier für Trägheit, denn die Aktivität Nieffens war groß, wenn sie auch, mit dem üblichen Maß bürgerlicher Geschäftigkeit gemessen, wie nichts aussah. Man konnte seiner Person Aktivität daran erkennen, ihre Intensität daran fühlen, daß er jedesmal, wenn er in eine Gesellschaft trat, eine köstlich bewegte Atmosphäre um sich schuf. Im übrigen bestand seine Moralität darin, Pralines, Konfekt, Fondants aus allen Bonbonnieren des Lebens rechts und links zu nehmen, indem er sagte, daß das Laster nur eine Frage der Gewöhnung sei, und daß man den nicht der Unwissenheit beschuldigen könne, dem hier und da einmal aus Unachtsamkeit ein orthographischer Fehler passiere.

Es war nicht bloß der wechselnde Ausdruck der einmal grünen, dann wieder blauen Augen von Adrienne Sintenis, der Nikodem anzog. Wie sie aus ihren Freundschaftlichkeiten leise und langsam, und doch mit aller Hitze die Lust, den Reiz destillierte, kein anderer als Nieffen hätte dies wahrnehmen können, kein anderer als er es wagen dürfen, diese Frau zu kennen. Das Gefühl seiner Intimität war wie ein Fenster, geöffnet auf das Laster und die Leidenschaft, und wer nicht Nieffens instinktive Hellsichtigkeit besessen hätte, der wäre aus dem Fenster gefallen. Im übrigen war Adrienne ganz unschuldig daran. Es gibt unbewußt verdorbene Naturen, die von sich widersprechenden Empfindungen nur deshalb leben, weil es ihnen vollkommen entspricht, gerade so zu leben, und für die eine sinnliche Laune zu befriedigen ebenso wichtig ist wie für andere, dem Unglück im Spiel standzuhalten, oder für andere, eine Pflicht zu erfüllen. Adrienne war nichts weiter als das Rätsel eines Lebens, das nicht lösen zu können jene verzweifelt gewesen wären, die sich gegen diese schöne und sinnliche Frau verbraucht hätten in der Hoffnung, die ephemere Täuschung eines unmöglichen Glückes zu finden.

Es konnte Adrienne geschehen, daß sie, ganz genau wissend, in ihrem Salon am Kärntner Ring zu sitzen, entzückt war zu braunen Jünglingen, die unter schwarzen Oliven tanzen unter einem viel zu blauen Himmel, oder zu Männern, die heiß und dampfend von ihren Jagdpferden springen und sich über eine Quelle beugen. Aber auch blaß von durchwachten Nächten und einer vorgetäuschten Intensität konnte sie sich unter bartlosen und schmachtenden Jünglingen sehen, mit Emaillaugen, tadellos nach hinten gelegtem Haar und dem Zauber der Jungfrau vermischt mit dem Leibe des nackten Knaben, inmitten des korallenroten Luxus einer Bar, wie sie Zigaretten einer unbestimmbaren Marke rauchen, schmale Finger um schmale Gläser legen und Nichtigkeiten mit großem Ernst, Wichtigkeiten mit Nonchalance sprechen. Kam es, daß Adrienne im Laufe ihrer Abenteuer einem begegnete, der sie an ihre innern Gesichte erinnerte, so liebte sie ihn. Sie sah in ihren Freunden nur, was sie in ihnen sehen wollte, und nur so und nur das liebte sie. Sie verlangte nur wenig von jedem, der um sie war, denn sie besaß das große Talent, ihre Empfindungen zu vervielfachen. Sie war reich und gab weit mehr, als sie empfing.

»Denn du hast eine so schöne Krawatte an, und vieles muß dir daher verziehen werden«, sagte Adrienne, indem sie Nikodem kein Wort sprechen ließ, mit dem er sich ob zu späten Kommens entschuldigen wollte.

Nieffen saß bequem und begann von einem kleinen Erlebnis bei einem Dritten zu erzählen, von einem Besuch, den sie gemeinsam einem Maler gemacht hatten, was der Maler und was er ihm gesagt hatte, und daß die Theorien der Maler noch törichter seien als die der Musiker, die doch, weiß Gott, das Gehirn von Coiffeuren besäßen.

»Ich erinnere mich«, sagte Adrienne, »aber ich will dich nicht hindern, etwas zu erzählen, was wir gemeinsam erlebt haben. Sprich nur, ich mag deine Stimme.«

Adrienne liebte, wie man aus den Worten erkennt, Nieffen weniger in fleischlicher Leidenschaft, als daß sie sich darin gefiel, sich ihrer geistigen Wollust seiner Gesten, seiner Stimme hinzugeben. Was auch die Dauer ihres Verhältnisses erklärt. Und da es, was alle über dreizehn Jahre alten Menschen wissen, ebensoviel Glück bereitet, Wollust zu geben als zu empfangen, bewahrte auch Nikodem, sehr delikat im Stolze wie in allen andern Dingen, dieser Beziehung eine ihm ungewohnte zeitliche Länge. Im Bizarren dieser verliebten Gefühle waren die seltenen Sinnlichkeiten nichts weiter als die heimliche und elegante Weihe einer für Augenblicke verwirrten Freundschaft. Nie daß man darüber räsonierte. Man gab ohne Gedanken nach und hatte auch nachher keine darüber.

Da geschah es eines Tages, daß eine heftige Leidenschaft zu einer andern Frau Nikodem von Adrienne wegwandte.

Sie empfand heimliche, schmerzliche Eifersucht. Aber weder wurde sie kühl noch weniger schwesterlich. Doch als Nikodem, der seine häufigen Besuche nicht unterbrach, lachend, mit einem neuen Feuer im Blick, zu ihr kam, da litt sie davon. Und als er ihr bei einem Abschied mit merkbarer Abwesenheit die Hand geküßt hatte, da weinte sie lautlos, als sie allein war.

Kein Wort davon sprach sie zu ihm. Der Schmerz vermehrte ihren Reiz und eine Nuance von Seligkeit, von Langsamkeit in der tiefen Harmonie ihrer Stimme. Der Schmerz macht uns oft des Lebens würdiger. Adrienne machte er auch noch blasser und schöner. Nieffen bemerkte es um so empfindlicher, als er seit einiger Zeit seines Abenteuers mit der andern müde war. Müdigkeit nach der Lust drängt zurück zu den vorigen Gefühlen wie die Traurigkeit, zu wissen, daß alles vergeblich ist, wie das Schweigen nach den Liebesworten.

Das Wasser im Teekessel sang leise in Adriennes kleinem, ganz stillem Salon, und sie sprach mit all der nachsichtigen Güte jener, die leiden und es nicht merken lassen, mit dem klaren Lächeln der Verzeihenden. Und Nikodem horchte zu wie gerührt.

»Was gehen mich deine Schwächen an, lieber Freund. Die Liebe erlebt seltsame Wechsel, und viele zu früh erschöpfte Herzen haben wieder zu blühen angefangen. Jedesmal, wo es dir möglich ist, der Zeit eine lügnerische Stunde zu entreißen, tu es. Wofür sonst ginge denn andern Tages immer wieder die Sonne auf?«

Und Nikodem dachte, daß er Adrienne bis nun nur in ihrem Lächeln und Blicken gekannt habe, und daß dieses schon sehr viel gewesen sei. In ihren Augen spiegelt sich nicht ihre Seele, sondern die meine, und sie werfen mich besser wider, vertrauender. Adrienne aber sprach weiter im harmonischen Schönklang ihrer Stimme. Sie exzellierte in allgemeinen Sätzen, die nur für den einen bestimmten Sinn haben, der sie hört, und jeder ihrer Sätze weckte in ihm die Erinnerung an alte Zärtlichkeiten.

»Ein reifer Mann«, sagte jetzt Adrienne, »der seine sonnige Kindheit vergessen hat, wird bewegt, hört er zufällig eine Drehorgel ein Lied leiern, das man ihm als Kind sang.«

Ihre Hand legte sich in die seine, und ihre Augen sahen ganz nach seiner Stirn hinauf. Nikodem fühlte ein berauschendes Wohlsein, Wollust fast, ungekanntes Gefühl einer Liebe, die kein Verlangen erregt.

Da glänzten vor ihm zwiefarbig im Wechsel Adriennes Augen auf, feucht wie in einem Heimweh, und Nikodem bebte. Ließ ihre Hand los. Erblaßte. Wie Vision zuckte der Gedanke in ihm auf: »Sie ist eine Frau, und ihre Worte sind geschickt abgestimmte Anfänge der Umarmung.«

Erschreckt faßte er Adriennes Antlitz ganz in sein Anschauen.

»Was hast du?« fragte sie.

Diese drei Worte und ihr Ton sagten ihm ganz deutlich, wie sehr er sich gerade getäuscht hatte. Er neigte sich und wurde rot. Adrienne wiederholte ihre Frage.

»Nichts, liebe Freundin. Ganz und gar nichts. Du kennst doch meine grundlose Empfindsamkeit.«

Und voll Vertrauen küßte er Adriennes Hand mit einem Kuß, der ganz Gefühl einer vollkommenen Kommunion war.

In diesem Augenblick liebte Nikodem von Nieffen seine Seele.

Das Glück aus dem Abenteurer

Herr von Assolan lag an diesem fünften Mai gegen zehn Uhr im breiten Bett seines Schlafzimmers, in diesem köstlichen Zustand zwischen Wachen und Schlummern, wo man sich hinreichend leben fühlt, um an die Wirklichkeit zu glauben, soweit sie Träume erfüllt, und doch nicht wieder so genug, sich zu erinnern, daß es Wechselagenten auf der Welt gibt, Steuerbeamte und Coiffeure. Assolan hatte die Nacht durch davon geträumt, Seele und Sinne von Heddy Uhralt zu besitzen, der sechsundzwanzigjährigen blonden Frau des Herrn Uhralt, Cognacfabrikant ebenso wie von Automobilen. Uhralt-Uralt war eine beliebte Marke seit neunzehnhundertneunzehn. Und die achtzigpferdigen Achtzylinder nicht minder. Herr Uhralt hatte die eine Hälfte seines Lebens auf dem Lande verbracht und verbrachte nun die andere in seinen Fabriken und Kontoren, was es Heddy leicht machte, ihr Leben zu führen wie sie wollte, in Junggesellenwohnungen, wo man Opium raucht, in Ateliers, wo man nicht malt, bei Modistinnen, wo man keine Zeit findet, Hüte zu probieren. Böse Zungen behaupteten, daß sie dem allen nächtliche Droschkenfahrten vorzöge -- aber was sagt man nicht alles über eine hübsche Frau. Assolan gab dem keine Bedeutung. Heddy liebte eben den Wechsel in ihren Toiletten, Hüten, Liebhabern, und niemand brauchte sich deswegen zu beklagen. Sie machte viele glücklich und war es daher selber. Ohne der Liebe mehr als eine mäßige Bedeutung zu geben, versah sie sich doch, und dies war ihr Bemerkenswertes, mit einer reizenden Delikatesse. Vielleicht verbarg sie hinter der Süßigkeit ihrer Haltungen eine ganz kleine Nuance von Hysterie. Und ihre ehrliche Anerkennung jener, die sie geliebt hatten, war Garantie einer charmanten und vollendeten guten Laune. Als sie eine Bekannte einmal fragte, ob sie Frauenrechtlerin sei, antwortete sie erstaunt: »Ich? Wo ich den Männern doch so viel glückliche Momente verdanke? Das wäre undankbar.« Wäre noch zu sagen, daß Heddy alles, was sie tat, mit einer unschuldsvollen Grazie, einem jungfräulichen Zauber trieb, schönem Effekt ihrer Erziehung bei den Schwestern von Sacre-Cœur.

»Ich mag Sie gern«, hatte sie zu Assolan gesagt, »Sie amüsieren mich, und ich mag Männer, die mich amüsieren.« So weit war er also und hoffte weiter zu kommen. Er gähnte behaglich und dachte, sich von der linken Seite auf die rechte des Kissens legend, an einige wichtige Sachen wie: die 4500 Mark, die er heute bei seiner Bank beheben würde, an das dritte Kapitel eines Buches von Beardsley, an ein Paar Pantoffeln aus Kolibrifedern für Heddy, an den Hummer à l'americaine, den er zum zweiten Frühstück essen würde, und schließlich an die leiblichen Details von Heddy. Andere Gedanken wollten dagegen nicht aufkommen wie: an Mariette, seine letzte Freundin, an eine Schuld von 7000 Mark -- 1000 in bar, 6000 in Fayencen, Papierkuverts und Reispuder -- an sein verpfändetes Auto ...

Es war zwischen dem behobenen Gelde und dem Hummer, daß Assolan Heddy traf.

»Ich dachte gerade daran, Sie anzurufen«, sagte Heddy. Und man sprach von dem und dem, um was zu reden, wohinter sich, wie man weiß, nur schlecht ein gegenseitiges Verlangen verbirgt. Assolan lud zum Hummer ein. Erst lehnte Heddy ab, dann nahm sie an. Nachher würde man mit dem Auto wohin fahren. Auf dem Lande sei es jetzt so schön; aber nach dem Frühstück erinnerte sich Heddy, daß ihr Mann mit dem Auto heute früh weg sei und es den ganzen Tag brauche. Das vorgeschlagene Taxi fand sie zuwenig komfortabel. »Darf ich Ihnen meine Sammlungen zeigen, Frau Heddy?« -- »Wozu?« -- »Das wissen Sie doch ...« Diese Vermutung bestimmte Heddy, zu Assolan zu gehen. Die Sammlung bestand: aus einem Album mit meist falschen Briefmarken, einem Roulett, einigen Stichen von Rops, einer balsamierten ägyptischen Mumienhand, aus einem Paar Brillen, die Kaiser Franz Josef getragen hatte, aus einem Bidet und sonstigen Toilettengegenständen der Madame Pompadour. Heddy verbrachte den Nachmittag damit, sich diese verschiedenen Gegenstände von Assolan erklären zu lassen, was dieser gern hat, ja sogar zustimmte, daß Heddy einen und den anderen dieser Gegenstände praktisch ausprobierte.

Einen Monat lang kam Heddy jeden Tag, die Sammlung ihres Freundes besichtigen. Sie gab sich ihm mit dem kopflosen Elan einer kapriziösen Frau, die nicht mehr genau weiß, was sie will, und die sich forciert, alles zu wollen. So geliebt zu werden ermüdet. Assolan wurde müde. Es gab keine solchen Liebesfeste mehr wie zu Anfang. Sie sah ihn nervös, verstimmt von einem Nichts. Sie versuchte alles, ihn von der schlechten Laune zu befreien, deren erstes Opfer sie selber war. Lachte über ein Nichts, war heiter über ein Wenig. Assolan wurde noch nervöser. Endlich allein, ging er in seinem Salon auf und ab und konstatierte: »Sie ödet mich an, ich mag nicht mehr.«

Und jeden Tag kam Heddy und versuchte, die Nervosität und die schlechte Laune ihres Freundes zu kurieren.

Nichts macht uns generöser als der Egoismus. Heddy liebte Assolan und widmete sich ihm, weil sie unglücklich gewesen wäre, ihn traurig und einsam zu wissen. Eines Tages, wo er ärger als sonst war, konnte Heddy ihre Tränen nicht mehr zurückhalten.

»Ich liebe dich wie niemanden auf der Welt. Alle meine Liebhaber habe ich um deinetwegen aufgegeben! Du hast mir das Herz zerbrochen. Ich hab' dir meinen Schmerz verborgen, um dich nicht zu irritieren. Es ist schlecht von dir, mir so viel Kummer zu machen.«

Assolan tröstete als guter Junge, der er war. »Armes Kleines, schmeiß dich nicht durch das Fenster der Verzweiflung. Ich war nervös und schlecht gegen dich, verzeih.« Er nahm sie in die Arme, küßte sie schweigend. »Ich wußte ja, daß du mich immer liebst«, sagte Heddy leise.

Und von der Stunde an wurde Heddy Assolan ebenso eine Freundin wie ein Spielzeug seiner Leidenschaft. Ihre Worte, ihre Einfälle, ihre kleinsten Gesten berauschten ihn, wie einst der zärtliche Blick ihrer Augen, der süße Duft ihres festen Leibes, die runden Formen ihres gewährenden Körpers ihn berauscht hatten. Er riskierte es nicht mehr, sich an ihr zu ermüden, denn was er nun an Heddy liebte, das war das Unfaßbare, das Unbestimmte. Und jedesmal, wenn sie kam, glaubte er, das Glück in Person zu empfangen, das da ganz plötzlich durch seine Tür gebrochen sei. Heddy hatte aus ihrem Schmerz ein bißchen Klarheit gewonnen. Sie gebrauchte sie, und das Leben wurde für Assolan heiter und süß, seitdem sich seiner eine intelligente und liebende Person angenommen hatte.

Einmal dachte er über das nach, was ihm da seit zwei Monaten passiert war. Faul aus Überzeugung, hatte er sich bisher keine Mühe damit gemacht. Zu Heddy hatte ihn eine ganz banale Laune geführt. Eine nicht weniger banale Sinnlichkeit hatte sie dazu gebracht, einander zu lieben. Daraus gab es die Ermüdung, gekrönt von Nervosität und Leiden. Und in diesem Leiden hatten sie bemerkt, einander mehr wert zu sein, als es anfangs schien. Sie hatten ihre Liebe wieder von vorne begonnen, und aus dem faden Hinleben ihres Daseins hatten sie das Glück gefunden.

Herrn von Assolan hatte dieses Überdenken ein bißchen ermüdet, und so schloß er, als Mann von Geist, der er war, daß es nur einiger Klugheit bedürfe, um aus den flüchtigsten Ereignissen des Lebens Freude und Glück zu gewinnen.

Der Tausch

Der Abbate die Treso sah durch die Fenster der Veranda dem Regen zu, der in den Garten fiel. Da er sich nicht traurig machen lassen wollte, ging er langsam wie alle, die nichts Bestimmtes zu tun haben, in den Salon und sah durchs Fenster dem Regen zu, der auf die Straße fiel. Es regnet hier wie dort, dachte er, zu faul, um mehr zu denken. Die seltenen Passanten der alten römischen Gasse boten wenig Zerstreuung. Zumal sie sich unter Regenschirmen verbargen. Der junge, dunkeläugige Abbate zündete sich eine dicke Zigarette an und konstatierte: Die Regenschirme, die Beine der Primaballerina Fossetti am San Carlo in Neapel und der Faschismus sind die abscheulichsten Produkte unserer Zivilisation. Den alten Pfarrer zähl' ich noch dazu, der gerade bei mir war, um mir auseinanderzusetzen, daß ich für meinen Beruf nicht genügend christlichen Geist zeige. Wo er doch wissen müßte, daß es sich bei mir wie immer in unserer Familie nur um die Karriere und nicht ums andere handelt.

Lebensweise und Aussehen, Namen und Ruf des Abbate di Treso ließen darüber auch nicht den kleinsten Zweifel, daß er den geistlichen Beruf nicht ergriffen hatte, um ein christlicher Glaubensheld zu werden. Zu langweilig war doch der gute Pfarrer gewesen, und was für nasse Flecken er auf dem Teppich zurückgelassen hat! Er hätte sich wirklich bei dem Wetter einen Wagen nehmen können. Aber vielleicht erlaubt das der christliche Geist nicht. Der Abbate dachte, ob er seinen Rolls-Royce befehlen und zu seiner Freundin Diana Nighini fahren solle.

Als er bei Diana eintrat, vollendete diese ihre Toilette, die mit einem Aufwand von Seide und Spitzen mehr enthüllte als verdeckte. In Erwartung des Diners, das gleich serviert werden würde, beschäftigte die reizende Person ihren Freund damit, ihm zum soundsovielten Male die zahlreichen Geheimnisse ihres schönen Leibes zu beichten, nicht indem sie etwa sprach, sondern sich auf dem Diwan räkelte.

Das Diner bestand aus elf Gängen und war sehr einfach. Floche, die kleine Französin, servierte wie eine Sklavin. Sie kannte und diente den Geschmäcken ihrer Herrin auf das genaueste. Früher hatte sie nackt bedient; wie ihre Herrin nackt, das heißt in Handschuhen, Pantoffeln und Strümpfen, also noch nackter als nackt. Aber der Abbate di Treso fand die Knie Floches nicht rund genug und die Kleine stellenweise etwas zu stark duvetiert. So trug sie jetzt etwas wie eine griechische Tunika, kurz und unter den Brüsten gegürtet. Man unterhielt sich während des einfachen Mahles von ernsten Dingen wie: dem Ni-Kli-Parfüm von Dôbe, dem stoischen Tode des Sokrates, von d'Annunzios letzten Schulden, von der neuen Uniform Mussolinis, von der heiligen Therese, von Heliogabals Lächeln. Und auch etwas vom theologischen Geist. Darüber wurde es Nachmittag, und der Abbate di Treso küßte Diana zum Abschied die Hand.

Zu Hause meldete ihm sein schwarzer kleiner Diener Ahmet, daß im großen Salon eine Dame, elegant und jung, warte, die den Herrn Abbate zu sprechen wünsche. Die Dame besah sich lächelnd einen galanten Boilly, als di Treso eintrat.

»Worin kann ich Ihnen behilflich sein, meine Gnädige?«

Die Dame begann mit einer kleinen, weichen Stimme etwas zu sagen, wovon der Abbate nur den letzten Satz hörte, denn er roch ein diskretes Parfüm, sah eine delikate Person, einfach, aber mit großem Geschmack gekleidet und mit reizenden Bewegungen begleitend, was sie sagte.

»... heiße Leonide di Fiori und bin seit einem Jahre Witwe.«

Aber nicht in Trauer, dachte der Abbate.

»... Witwe mit hundertsechzigtausend Lire Rente, aber ganz allein auf der Welt und möchte mich den Werken der christlichen Nächstenliebe widmen. Man hat doch immer Sünden gutzumachen. Und ich dachte, Sie würden mir da raten, Hochwürden.«

Wäre sie nicht so hübsch und gescheut, ich schickte sie meinem guten Pfarrer. Der würde das Geld schon in die Christenheit bringen. Aber laut sagte er das Folgende:

»In Deutschland gibt es eine Stadt namens Magdeburg. Übersiedeln Sie dahin.«

»Warum gerade ...«, sie konnte den vertrackten Namen nicht aussprechen.

»Man muß zunächst Gott wohlgefällig sein durch Abtötung.«

»Und das bekommt man in …«

Der Abbate di Treso trieb den Scherz nicht weiter und sprach ernsthaft:

»Um Gott wohlgefällig zu sein, muß man sich der Vorteile bedienen, die er uns in seiner Güte gewährt hat. Es ist doch so leicht, die Gaben der Schönheit und des Reichtums zu verachten! Aber es ist viel schwieriger und darum verdienstlicher, diese Gaben klug zu gebrauchen. Wenn Eltern daran arbeiten, ihren Kindern ein Vermögen zu hinterlassen, so doch sicher nicht, weil sie dieses Tun verachten. Wir sind nun alle Kinder Gottes, gnädige Frau, Gott hat Sie schön und lächelnd gemacht, auf daß Sie Freude um sich verbreiten. Er hat Sie reich gemacht, weil man Geld braucht, um schön zu sein. Ihre Pflicht ist, Gottes Gaben zu gebrauchen. Das andere, wie Beten, Almosengeben, Beichten und so, das ist für die armen, häßlichen Leute, die alten und enterbten. Die müssen auch ein Vergnügen haben, und man soll sich da nicht eindrängen.«

Die junge Dame war wie verändert.

»Ich bin glücklich«, sagte sie im Aufstehen, »daß ein intelligenter Priester mir den Frieden und das Gleichgewicht meiner Seele wiedergegeben hat.«

»Wir sprechen noch darüber«, sagte der Abbate die Treso und küßte die kleine, behandschuhte Hand. Man sah die Fingernägel, so gut saß der Handschuh.

»Wann immer Sie wollen, Herr Abbé …«, und sie ließ sich hinausbegleiten.

Er fürchtete, in angenehmer Träumerei gestört zu werden, als Ahmet einen Besuch meldete. Aber es war ein junger Conte Rospiglio, Schulfreund und Vetter des Abbate di Treso. Er hüpfte herein wie ein junges Mädchen, denn er litt etwas an der Neurose, ein hübscher junger Mann zu sein, und er war ein hübscher junger Mann. »Mein lieber Luigi«, begann er, »ich habe ein schreckliches Malheur gehabt.«

»Teufel!« rief der Abbate.

»Ja, denk dir, ich hab' meine Mätresse verloren.«

»Durch den Tod?«

»Für mich, ja. Gibt mir den Abschied, denk dir, einer Bagatelle wegen. Und ich muß heute abend in die Oper und kann doch unmöglich ohne Freundin ...«

»Kurz, du willst, ich soll dir meine Diana leihen. Aber gern, ich bitte dich! Tut mir nur leid, dir keinen größeren Dienst erweisen zu können.«

»Da ist auch noch eine andere Sache ...«

»Nämlich?«

»Könntest du mir nicht helfen, daß sich meine Freundin wieder mit mir versöhnt?«

»Warum denn gerade ich?« fragte der Abbate.

»Weißt du, sie ist eine sehr fromme Christin, aber wohl bloß, weil es so schön ist in der Kirche und die Musik und so.«

»Wie heißt sie denn?« fragte di Treso.

»Leonide di Fiori.«

Das feinste florentinische Lächeln ging über des Abbate Lippen.

Am nächsten Tag machte Leonide di Fiori dem Abbate die Treso den zweiten Besuch. Man sprach von manchem, diesem und jenem, was in dem Abbate die Lust erregte, seinen Besuch näher kennenzulernen. Es war sehr spät in der Nacht, als die Treso Leonide in seinem Auto nach Hause brachte.

Zwei Tage später geschah es, daß Rospiglio, ganz begeistert von Diana, um diese mit dem Abbate di Treso würfelte. Rospiglio gewann.

»Du hast eben Glück«, sagte lächelnd der Abbé, »erlaube aber, daß ich dir einen Rat gebe. Diana ist im Augenblick etwas melancholisch. Sie braucht Luftveränderung. Mach eine Reise mit ihr. Fahr nach Deutschland. Zum Beispiel nach Magdeburg. Du glaubst nicht, wie amüsant es da ist!«

Maß für Maß

Die Zusage kam so rasch, daß Klemens nichts Besseres für das Rendezvous mit Frau Dalia Ornotoby fand als dieses Stundenzimmer in einem kleinen Hotel der Passauer Straße. So etwas passiert auch dem geschmackvollsten Menschen zuweilen.

Frau Dalia aber blieb dabei: »Wir wollen nichts als Freunde sein, lieber Klemens. Vergessen Sie nicht, daß ich nicht frei bin. Ich habe einen Geliebten, habe einen Mann und habe mein Töchterchen Susy, das süße Kind. Wir wollen vernünftig sein.«

»Sie haben recht, Daly, wir wollen vernünftig sein. Eine nichts als ideale Liebe. Nichts Fleischliches. Bloß unsere Seelen sollen sich vereinen. Seelen vereinen sich ja schlecht, aber wir werden's versuchen. Wenn Sie auch tausend entzückende Dinge besitzen, deren Gegenwart ich aufreizend spüre! Sie sind eine entzückende Frau, Daly. Ich schwöre Ihnen nicht ewige Liebe. Das Vergnügen ist so ephemer! Meine Lust ist, Lust zu geben nicht weniger, als Lust zu empfangen. Das gibt Ihnen doch Garantien, nicht?«

Nun, als man nach einigen Stunden -- oder war es nur eine? -- wegging, mietete Klemens das Zimmer Passauer Straße achtundsiebzig für einen Monat.

Klemens traf drei Wochen später Lia Lia (von den Three Sisters, you know).

»Donnerwetter, bist du schick, Lia!«

»Weißt du nicht?«

»Was denn?«

»Ich hab' doch einen Bankdirektor, nicht so ein neues Bänkchen, sondern richtige alte Großbank. Gibt viertausend im Monat. Komm mich doch in meiner Wohnung besuchen. Ja? Machen wir gleich den Tag aus. Übermorgen um halb fünf zum Tee.«

Klemens kam. Reizend hatte die Bank Lia eingerichtet. In Rosa, Grün und Grau. Weiße Lackmöbel. Sie sprachen von der Vergangenheit. Sie hatte manches in sich gehabt, das hervorzuholen Lia Lia geneigt war. Aber man wurde durch das Eintreten des Bankdirektors gestört, eines etwas korpulenten Herrn um die Fünfzig. Lia Lia besitzt Geistesgegenwart und läßt sich nicht leicht durch etwas aus ihrer Sicherheit bringen. Sie stellte Klemens vor: »Luk Hoggy, ein Kollege. Er wollte gerade gehn. Ich begleite ihn zur Tür.«

»Du erlaubst«, sagte der dicke Herr mit etwas gerötetem Gesicht, »du erlaubst, daß ich das besorge ...«

Vier Tage später bekam Klemens diesen Brief:

»Wo kann ich Dich sehn, mein Liebling? Ich muß Dich durchaus sprechen.

Lia Lia.«

Und Klemens antwortete:

»Zwei Schritte weit von Dir. Passauer Straße achtundsiebzig. Zwei Treppen links. Morgen vier Uhr. Dein Klemens.«

Klemens war anderentags als erster in der Passauer Straße. Er entdeckte, daß Frau Dalia Ornotoby tags zuvor ihren kleinen Handspiegel vergessen hatte. Während er ihn zu sich steckte, kam Lia Lia. Man setzte die Unterhaltung dort fort, wo man von der Bank unterbrochen worden war. Aber man kam nicht sehr viel weiter, denn im Türschloß kratzte ein Schlüssel. Kaum war Zeit, sich oder Lia zu verstecken, denn schon öffnete sich die Tür, und Frau Daly trat ein. Frau Daly Ornotoby, es genüge zu versichern, ist eine große Meisterin in Szenen, Wutausbrüchen, Beleidigungen, Tränen ... Lia Lia merkte, daß sie überflüssig war und wurde nicht weniger wütend als Daly.

Klemens fand lange keine Zeit, sich durch ein Wort in die Lebhaftigkeit Frau Dalias und die Lebhaftigkeit Lias zu mischen. Nun aber war eine erschöpfte Pause, und da sagte er:

»Schau, Liebes, wir sind jetzt quitt. Ich kam zu dir, und dein Geliebter setzte mich vor die Tür. Du kommst zu mir, und meine Geliebte zeigt dir denselben Weg.«

Da verschwand Lia, und Klemens war mit Frau Ornotoby allein.

»Hör zu, Daly, der Schein ist ja gegen mich ...«

Aber Frau Dalia unterbrach:

»Ich hab' meinen Taschenspiegel an der goldenen Kette vergessen. Wollen Sie ihn mir bitte geben.«

Klemens gab Daly den Spiegel. Sie ging, nicht ohne die Tür sehr
heftig zuzuwerfen.

Klemens schien, wenn auch nicht lebhaft erfreut, so doch durchaus zufrieden mit dieser Lösung. Es fiel ihm zudem ein, daß am
nächsten Tage die Monatsmiete für das ereignisreiche, aber mäßig
möblierte Zimmer abgelaufen war.

Lillebil

Trauriger Zweifel zog die Linie ihres Mundes. Im übrigen war sie von einer unbekümmerten Leichtigkeit, die sie unternehmend machte, und gar nicht geneigt zu düstern Nachdenklichkeiten.

»Warum verstecken Sie sich?« fragte sie Georg.

»Die Laster Ihrer Gäste durch das zeremonielle Kleid zu erkennen, dachte ich mir gerade als Aufgabe des Unbeschäftigten«, sagte er.

»Warum machen Sie mir nicht den Hof?«

»Weil Sie zu hübsch sind und ich nicht Geist genug habe.«

»Nein. Weil ich achtzehn bin, und weil Sie glauben, mir nichts erzählen zu können, weil man mir überhaupt noch nichts erzählt. Soll ich Sie meinen Freundinnen vorstellen, bei denen das anders ist?«

Das Kloster, wo Lillebil erzogen und aus dem sie vor einem Jahr entlassen worden war -- »Folge nur immer dem Weg deines Herzens«, hatte die Oberin ihr zum Abschied gesagt, »denn das Wort des Herrn wirst du ja sicher immer parodieren« --, das Kloster mit seinen Inkonvenienzen des Lebens unter kleinen Mädchen und der devotionalen Atmosphäre, welche die Sinne überhitzt, hatte Lillebils Sinne früh zum Erwachen gebracht.

»Also?« Sie schaute zu Georg auf, die Hände hinten am Nacken, beschäftigt, zwei Löckchen zu richten. Der junge Mann sagte: »Alle Frauen sind lieb, auch Sie. Und jede hat etwas, worauf man bestehen möchte. Aber von da bis dahin Ihnen die besondere Art Ihrer Verdienste zu erklären, ist eine Distanz, die ich nicht zu überschreiten wage.«

»Wagen Sie doch! Ich wehre mich ganz bestimmt nicht.«

»Wie eine Kartenschlägerin. Sie und lieben! Die Liebe, das pflückt man doch nicht am ersten Ast. Es kommt, glauben Sie mir, Lillebil, viel mehr auf die günstigen Umstände an als auf das Verlangen, das man danach zeigt. Das kommt in der zweiten Quadrille. Vermengen Sie das nicht.«

»Das ist ein sehr allgemeiner Rat, Herr Georg. Sie wollen, glaub'
ich, kneifen, indem Sie ins Väterliche fallen.«

»Liebe Lillebil, als Amateur Ihre Schönheit aufzublättern, um
dann wegzugehen, mein Gott, ich stiege mir selber auf die Finger.
Da ich mir Sie anzurühren nicht erlaube, mache ich mir nichts aus
Ihnen. Es ist Vorsicht.«

»Gott, nehmen Sie es aber genau!« Und Lillebil gab einem Tänzer
den Arm.

Tanzen, dachte Georg, als er Lillebil vorbeiwalzen sah, ja, allein.
Mit dem Mann im Zweitanz parodieren sie die Liebe.

Lillebil kam zurück und verlangte zum Büfett geführt zu werden.
Während sie die Orangeade schlürfte und ihr Georg die Schuh-
schleife band, sagte er: »Der hübsche Fuß« und gleich dann: »und
das übrige?«

»Gehört Ihnen, wenn ich Frau Soundso bin und Sie sich nicht darauf kaprizieren, sich vor mir schützen zu müssen. Aber von da bis
dahin mache ich mir nichts mehr aus Ihnen.«

»Der wievielte bin ich, zu dem Sie das heute sagen?«

»Das, lieber Georg, ist der Seufzer eines wohlerzogenen Gymnasiasten. Warum lügen Sie? Sie haben eine wundervolle Mätresse,
Nora Kersaven. Ich habe sie nur ein einziges Mal gesehen. Aber
heute oft und immer in Ihnen. Uns interessiert durch den Mann
hindurch ein anderes.«

»Um des Mannes willen?« fragte Georg.

»Manchmal. Nicht in Ihrem Fall.«

Sie stand vor einem Spiegel und legte sich Puder auf die Schultern. Sie verlangte in den Saal. Da entließ sie ihn mit einem Auf
Wiedersehen. Georg fiel in Gedanken, die alle um Nora Kersaven
gingen, an der er plötzlich zwanghaft etwas Unbestimmtes zu suchen begann, das ihm an ihr unsympathisch war.

Chloe

Sie habe wundervolle Haare, sagten die Leute. Und mehr als das konnte wirklich nur ein Verliebter an Chloe finden, mehr fand sie selber vor dem Spiegel nicht als: von schön keine Rede, nicht einmal von hübsch. Bis auf die Augen, die blau oder grün, groß und dunkel bewimpert diese dünne aschblonde Zärtlichkeit überbreiteten, förmlich über die Ränder der ganzen kleinen Person hinausragten. Von dem Eigentümlichen dieser Augen her empfand sie schon als Backfisch Verpflichtung, sich wesentlich zu machen, und aus dem nun einmal Nichtvorhandensein leiblicher Reize gewissermaßen eine Tugend des Geistes. Es war nichts Besonderes, was dabei herauskam, aber man fand Chloe mit achtzehn Jahren »apart«, und dabei blieb sie. Richtiger Instinkt hielt sie davon ab, das Aparte bis zum Interessanten zu steigern, woran sie auch eine gute Gesundheit gehindert hätte, die ihrem zierlichen Körper eine kultivierte Geschmeidigkeit gab. Der schlanke Bogen dehnte eine klingende Saite, aber da war keine Schönheit, die sie als Pfeil hätte auflegen und abschießen können.

Bürgerlich einfache Eltern reizten in ihrer hinlebenden, mit Erziehung und Zukunftssorgen nicht plagenden Ruhe das einzige Kind zu keinerlei Widerspruch und dessen Folgen des Andersseinwollens. Ein für die dem Stande entsprechenden Bedürfnisse gut reichendes, ohne Sorgen sicheres Renteneinkommen machte Gedanken und Reden der bejahrten Alten über die künftige Mitgift Geldes oder häuslicher Talente überflüssig, und was Chloe betraf, so war ihr der Mann nichts weiter als ein im allgemeinen ganz amüsant gedachtes Faktum, das eben einmal ins Leben treten würde, worüber aber Spezielles nicht zu denken sei. Die kindhafte Leiblichkeit des Mädchens brachte keinerlei Überschüsse für eine sinnliche Phantasie hervor. Aus ihrer Lektüre dachte sie sich einen geistreichen Mann als den zu ihr passendsten -- das war alles.

Mit neunzehn hatte Chloe immer noch schlankdünne Arme und Beine eines Jungen, und ihre Brüste -- »meine gehen in eine halbe Zitronenschale«, sagte sie einer Freundin, welche das Ausmaß der ihren -- man war auf dem Wege ins Dampfbad -- mit einer nicht zu kleinen Teetasse angab.

Für alle war Chloe ein lustiges Ding. Aber auf ihrem Grunde war sie traurig, was beides sich zu einer melancholischen Gaminerie mischte, die der schlenkernden Physik vollkommen entsprach. Bar jeden praktischen Sinnes war sie intelligent und enthusiastisch, ohne doch irgend etwas ernst zu nehmen. Jede Verstimmung leerte ihr das Herz völlig aus, besonders wenn es regnete. In solchen Stunden ihrer Mondsüchtigkeit, wie es die Mutter nannte, riegelte Chloe die Zukunft ihres Lebens damit ab, daß sie sich diese als Krankenschwester mit keinerlei Überzeugung von ihrem Beruf vorsetzte. Ohne übrigens in den Zeiten der besten Laune das Glück der Zukunft in mehr zu sehen, als an der Seite eben des geistreichen Mannes in einem hübschen Palais zu wohnen und elegante Leute bei sich zu empfangen.

Das schlimme Schicksal ließ Chloe das Los ihrer glücklich vermeinten Zukunft ziehen, indem es sie Peregrin treffen ließ, den ihr halb zigeunerhaftes, halb mondsüchtiges Wesen bezauberte, auch dann noch, als er das Ganze nur unerzogen fand, und dessen dunkles Gesicht, tumultuöse Augen und fast mondäne Eleganz Chloe entzückten, auch dann noch, als sie fand, daß ihm noch der letzte Schliff fehle. Peregrin beschloß, Chloe zu erziehen, und Chloe nahm sich vor, ihm den letzten Schliff zu geben. Mit solchen Erkenntnissen und Absichten machten sie nach vierwöchiger Verlobung Hochzeit.

+++

Bei der Hochzeit schwuren sie einander mit der erstaunlichsten Überzeugung eine unwahrscheinliche Treue ohne jede mentale Restriktion, denn sie waren jung und gesund, Peregrin um vier Jahre älter als die zwanzigjährige Chloe. Da er mit neunzehn Jahren Herr über ein sehr beachtliches Vermögen geworden war, hatte ihm eine kleine Reichtumshysterie so gut wie gar keine Zeit gelassen, irgend etwas mit einigem System zu treiben, das sein Beruf werden sollte. Er dilettierte nicht einmal, sondern begnügte sich darin, mit leidlich gutem Geschmack Geld auszugeben. Eitel und leichtsinnig, faul und schwach, war es nur natürlich, daß er in Affären mit Frauen das Leben fand, das ihm als Tätigkeit erschien, weil es ihm zu tun gab. Eifersüchtigen Wesens wie alle eitlen Männer, hatte er sich auf die ganz leichtfertigen Abenteuer der Straße nie eingelassen, vielmehr dem Theater seine Aufmerksamkeit geschenkt, das er in seinen drei Arten, Schauspiel, Oper, Ballett in je einem Exemplar geliebt hatte. Chloe war sein viertes Frauenerlebnis. Da er verliebt und hier für ein Verhältnis nichts zu erreichen war, kam ihm der Entschluß, Chloe zu heiraten, ohne besondere Überlegung wie eine ganz selbstverständliche Sache.

Die ersten zwei Jahre lebten sie von der Liebe, und das will sagen, sie probierten aneinander ihre Absichten, Peregrin die seine, Chloe zu erziehen, diese dawider, Peregrin die letzten Feinheiten beizubringen. Und so begannen zu irgendeiner Stunde des Tages diese seltsamen Verzweiflungen, wo jeder seine eignen Besonderheiten aufschnappen läßt wie die Klinge eines Federmessers, und diese Klingen -- man war in ratlosem Staunen darüber, wie man sich gegenseitig verwundete, sah dieser selbstläufigen Grausamkeit zu, suchend wie Einhalt schaffen, ohnmächtig. Zu irgendeiner Stunde jeden Tages begann dies und endete in einem nächtlichen Leib an Leib, verzweiflungshaft in den Umarmungen das zu erdrücken versuchend, was tagsüber wie boshafte Qual zwischen ihnen stand. So lebten sie zwei Jahre von der Liebe. Chloes knabenhafte Eckigkeit rundete sich, und um ihre Augen lag es bläulich wie das Innere von Muschelschalen. Zärtlichkeit, die der Tag sie entbehren ließ, suchte die Frau in diesen Nächten, und das drängte sie in Mannigfaltigkeit der Hingabe und Steigerung des leiblichen Vermögens ohne Grenzen. Aus den Ermattungen blieb dann so viel, daß es den Vortag überschattete und den Worten, fielen sie später, etwas von der grausamen Erbarmungslosigkeit nahm, die sie in der ersten Zeit hatten. Noch lebte man tagsüber nicht nebeneinander, aber das Miteinander war scheu und dumpf. Beide aber wären, gefragt, ob sie sich liebten, erstaunt über solche Frage gewesen. Chloe konnte sich Liebe, die über die ihre hinausginge, nicht denken. Denn nicht als Trübung dieser Liebe nahm sie ihr innerlich Widersprechendes, sondern als eben zu ihrer großen Liebe ganz besonders gehörend. Zudem gab es im ganzen nicht zu großen Kreis ihres Umgangs keinen, der bezweifelt hätte, daß sie das glücklichste Paar abgaben. Überall trafen sie auf das Lächeln, das man glücklichen Liebesleuten halb neidisch, halb wohlwollend schenkt.

Bis eines Tages Chloe über den offenen Teetopf einen Briefumschlag, dessen Parfüm sie intrigiert hatte, hielt, damit sich das Kuvert im Wasserdampf ohne Schaden löse. Sie las und sagte: »Also es ist aus. Er liebt mich nicht mehr. Der, den ich so liebte, liebt mich nicht mehr. Den ich so liebte. Lohnt das Leben noch die Mühe?« Und sie sank ohne Aufhalten in ihre große Mondsüchtigkeit, die sie vor das Nichts der großen Leere stellte. Lohnt das Leben? So über die Maßen groß hatte sie ihre Liebe gemacht, daß sie in ihrem Verlust nun den Verlust alles Sinnes zu leben sehen kann. »Es ist alles aus. Er liebt mich nicht mehr, da er mich betrog.« Die Vorsicht beim Brieföffnen war überflüssig gewesen, denn sie konnte ihn ja nun offen liegenlassen, wo er lag, da alles zu Ende ist. Peregrin war ausgegangen, und sie wußte, er kam nicht vor Abend. Sie hatte also alle Zeit für sich. Da sie den Selbstmord durch einen über sie wegfahrenden Eisenbahnzug beschlossen hatte, machte sie Toilette und zog, sehr sorgfältig wählend, ihre schönsten Dessous an. Denn er sollte von dem zerstückelten Körper sehen, wie schön sie gewesen, die er für weiß Gott für eine verlassen hatte, für ein Fräulein Nora Kersavenn, das so geschmacklos ist, ihre Briefe mit Chirpe zu parfümieren und Peregrin mit »mein Bibi« anzureden.

Der Schnellzug, den sie sich ausgesucht hatte, blieb aus, und sie erkannte den Umstand nicht im mangelhaften Lesen des Fahrplanes, sondern nahm es als Geheiß des Schicksals auf: du sollst leben. Das schien ihr auch die gutmütig langsam daherschnaufende Maschine des Lastzuges zuzustöhnen: schau, das Leben ist beschwerlich, aber man lebt.

Zu Hause löste sich der stärkste Schmerz in Tränen, die Chloe an Peregrins schöner Weste zerdrückte. Wort gab es keines zwischen den beiden. Der Untreue zog er bei der Offenkundigkeit seines Ehebruchs intelligent die reuevolle Zerknirschtheit vor, in die er sich so gut versetzte, daß, wie Chloe merkte, auch seine Augen feucht wurden. Von der Selbstmordabsicht blieb nichts als der rasch aufhuschende Gedanke, daß sie ihre besten Dessous immerhin ganz à propos angezogen hatte.

Ist das alles, was davon bleibt? dachte sie andern Morgens. Nicht mehr? Mit dem Enthusiasmus des Schmerzes hatte sie in den Tod gehen wollen, und heute soll davon nur etwas bleiben, das, in Worte gebracht, nicht mehr gab als ein »wie dumm«? Peregrin hat recht, ich nehme nichts ernst. Und sie machte den Versuch, die Sache ernst zu nehmen. Ein wenig mit Peregrins Nachhilfe, der am fünften Tage nach dem Vorfall einen ganz leisen Chipreduft mit nach Hause brachte.

+++

»Ich möchte Sie sehen und sprechen. Fühlen Sie das gleiche Bedürfnis, so geben Sie mir Zeit und Ort an, einen neutralen Ort. Chloe.«

Nora Kersavenn gab das von Chloe kaum erwartete Rendezvous in der Herz-Jesu-Kirche, zu einer Stunde, wo kein Gottesdienst das Haus füllte. An einem Seitenaltar knieten vor der Schmerzhaften ein paar Frauen im Gebet, und eine von ihnen -- Chloe erschrak doch ein bißchen -- erhob sich, blickte sich nach ihr um. Nicht groß, dunkel gekleidet, einen Strauß Parmaveilchen am offenen Mantel, kam sie auf Chloe zu, lächelte ein wenig und zog ihr Gesicht in eine Frage. Chloe nickte, worauf die andere eine tiefe Verbeugung machte. Wie bei Hof, dachte Chloe. So müssen sich Marie Antoinette und Fräulein Dubarry begrüßt haben, dachte sie und knickste ebenfalls. Denn diese Formalität des Zeremoniells schien ihr zu dem Seltsamen dieser Zusammenkunft zu gehören. Sie ist kaum mehr gepudert als ich, dachte Chloe. Aber ihr Lippenrot ist besser als meines. Dafür sind meine Augen lebhafter. Gott, wie dumm, erst einundzwanzig Jahre alt zu sein! Man ist immer gegen die Ältere im Nachteil. »Gehen wir dort hinüber«, sagte Nora Kersavenn mit der zarten Stimme der vollendeten Hübschlerin, »in diese Seitenkapelle flüchte ich manchmal.«

Die beiden Frauen knieten nebeneinander nieder. Ich überrage sie trotz meiner Kleinheit, konstatierte Chloe, womit sie den Nachteil ihrer Jugend etwas ausgeglichen glaubte.

»Ich bin glücklich, Sie zu sprechen, gnädige Frau, ich habe immer schon den Wunsch gehabt, aber es sind Grenzen ... nun, Sie haben sie überschritten.«

Sie hat einen verblüffend echten Ton, dachte Chloe, sagte aber gar nichts, sondern ließ den Blick hart auf die andere fallen.

»Ich habe Ihnen so viel zu sagen -- Sie auch, nicht?«

»Nein«, sagte Chloe, und ihre Stimme klang glasig und spröd gegen das samtige Organ der andern. »Ich habe Ihnen eigentlich gar nichts zu sagen. Ich wollte Sie bloß sehen.«

»Das ist zu schmeichelhaft. An mir ist nicht viel zu sehen. Und hier in diesem Dunkel seh' ich leicht jünger aus, als ich bin. Und ich bin dreißig --«

Das lügt sie, dachte Chloe, an die Vierzig.

»-- und meine Gesundheit ... ich bin nur ein Nichtschen, meine Gesundheit gestattet mir keinerlei Exzeß, von keiner Art«, und Nora lachte reizend.

Chloe sah zu dem Altarbild hinauf und hörte wie von fern die andere sagen:

»Ihr Mann ist mein Freund, nichts sonst, fast mein Sohn.«

»Er hat schon eine Mutter«, meinte Chloe und schob die Lippen von den Zähnen, als ob sie lächelte. Aber Nora Kersavenn, von so wenigem nicht aus der Fassung gebracht, lächelte auch und meinte bescheiden:

»Aber ich, ich habe keinen Sohn, gnädige Frau.«

Chloe erhob sich. Sie hatte genug gesehen und, wie sie glaubte, in dieser kleinen Viertelstunde mehr gelernt als in allen ihren einundzwanzig Jahren. Wenn ihr auch nicht ganz deutlich war, was sie gelernt haben sollte.

Auch Nora Kersavenn hatte sich erhoben, stand nun vor Chloe, lächelnd.

»Wir sind Freundinnen, nicht?«

»Bis zur Kirchentür.«

»Dann -- bis dahin. Nehmen Sie die Veilchen, wollen Sie?« Und sie verbeugte sich leicht.

Chloe hielt den Strauß in der Hand und folgte der andern langsamen Schrittes. Sie trat vor die Tür, als der Kutscher eines korrekten Wagens um Nora Kersavenn die Wagendecke richtete. Chloe trat etwas näher und warf mit einer sicheren, leichten Geste den

Strauß der Frau in den Wagen, die tat, als ob sie nichts merkte. Das Pferd zog an.

Da fiel es Chloe ein. Als sie damals nach der Trauung aus der Kirchentür trat, rief unter den Neugierigen ein junges Mädchen: »Hurra, die Braut!« Und da hatte sie übermütig dem Backfisch ihr Brautbukett zugeworfen. Und jetzt dieser Frau die Veilchen. Tut man immer wieder dasselbe? dachte sie und empfand auf einmal das Zusammentreffen mit der Geliebten ihres Mannes sehr sinnlos.

Von nun an lebten Chloe und Peregrin nicht mehr von der Liebe, sondern von der Geschicklichkeit ihrer Lüge. Der Kampf der Federmesser war nicht mehr, aber auch nicht mehr das nächtliche Ringen wie früher, das aus Schmerz und Verzweiflung die Wildheit bekommen hatte, die im zeitweiligen Vergessen ertränkte, was anders aus dem Bewußtsein nicht zu löschen war. Die laue Konjugalität in schlafschwerer Finsternis trieb nichts und vertrieb nichts. Kaum daß der Atem sich kürzte, der einen winzigen Seufzer, dem Lust nicht anzuhören, trug. Ihre verlangenden Sinne duldeten, mehr war es nicht. Riß sie früher Umarmung über sich selbst hinaus, weil sie auch die nach Zärtlichkeit hungernde Seele an den Leib spannte, so war es ihr jetzt, als bliebe sie mit ihrem Wesentlichen unbeteiligt, wodurch jede Liebkosung ins Gemeine der leeren Form sank. Peregrin deutete sich diese Wandlung als einen glücklichen Versuch Chloes, sich ihm neu zu zeigen und ihn die andere vergessen zu machen. Es sollte Anerkennung sein, als er zu Chloe sagte: »Es ist längst aus, du weißt ...« Aber Chloe verstand erst gar nicht, was er meinte, und daß er jene Nora meinte. Denn sie wußte schon um seine dritte Geliebte seitdem und gab dem keinerlei Gedanken. Sie hatte selbst zu tun.

Nicht alles, aber das meiste lernt die Frau vom Manne, dem ahnungslosen Lehrer. Chloe lernte so gut sie konnte von Peregrin. Sie log und betrog ungeschickt, aber untreu war sie mit großem Talente. Sie betrog so ungeschickt, daß Peregrin in der dritten Woche über Chloes Beziehungen zu Machaquito kaum mehr Zweifel hatte.

»Hast du ...? Schwöre!«

»Nie im Leben! Was denkst du!« log Chloe.

»Aber der Idiot hat dich geküßt!«

In diesem Akt sah Chloe kein Zeichen von Idiotie und begann darüber eine Diskussion, in die Peregrin mit einem »Ja oder Nein?« hineinfuhr. Chloe: »Nein.« Peregrin: »Aber du liebst ihn, diesen Strizzi!« Chloe: »Wieso Strizzi? Was ist das, ein Strizzi?« Sie stand auf. Sie wollte ein Wörterbuch holen. Da faßte sie Peregrin, ganz blaß bis in die Zähne, am Handgelenk, und sagte: »Ein Wort nur. Liebst du mich? Sag --«

Da fiel Mitleid in Chloes Herz. Sie sah ihren Mann an, und es zog sich schmerzend in ihrer Brust zusammen, denn nun mußte sie ihm weh tun, und er ist doch ein Mann.

»Liebst du mich, Chloe?« fragte Peregrin noch einmal, ganz ohne Ton in der Stimme, ganz grau in der Stimme, und ließ wie ohnmächtig seine Hand von ihrem Gelenk. Chloe aber mußte es nun sagen.

»Nein. Ich liebe dich nicht. Den andern.« Ihre Stimme war weich, als spräche sie zu einem kranken Kind. »Ich habe gelogen, nur damit Frieden ist. Aber jetzt sag' ich die Wahrheit. Ich liebe Machaquito.«

»Du warst seine Geliebte?«

So leise, wie er das fragt, Mund fast an Mund, kommt ihre Antwort:

»Ja.«

Sie fing die Hand auf, die sie schlagen wollte, und dann die andere, die ausholte, und es war ein böses, stummes Raufen auf dem Kanapee, in dem ihre schwachen Arme Kraft über die stärkeren des Mannes behielten. Der über ihr jetzt ihre Rechte und ihre Linke klammernd spreitete, daß sie schwer atmend eine Weile lag wie gekreuzigt und sie Blut über die Gelenke fließen fühlte. Da riß sie sich los und schlug ihn mitten ins Gesicht. Sein Kopf schwankte auf ihren, und er biß sie in die Wange.

Peregrin besaß in einer kleinen Landstadt ein Schlößchen, wo man in diesem Jahre den Sommer zu verbringen beschlossen hatte. Aber man ging schon im April hin, zwei Tage nach Chloes Geständnis. Die Situation war verworren und konnte es nicht bleiben, blieb es, wenn Chloes Freund und Peregrins Freundinnen schnell erreichte Zuflucht boten. So lagen neun Eisenbahnstunden zwischen jenen und dem alten gelben Haus, in dem die beiden mit sich und ihrer Sache allein waren in unvermeidbarem Gegenüber, aus dem es feiges Entrinnen nur zu sich selber gab, und das Gewissen, dachte Chloe, ist keine so beruhigende Gesellschaft wie eine gefällige Frau oder ein zärtlicher Freund.

»Ja«, sagte sie, und es war das erste Wort seitdem, und die Wunde hatte einen Schorf, »ja, jetzt sind wir ja, wie man sagt, quitt, mein lieber Peregrin. Wir haben einander betrogen und ganz besonders, als wir uns heirateten.«

Chloe hatte sich als Zeichen ihrer Witwenschaft, wie sie es meinte, einen kleinen Tüllschleier auf ihr blondes Haar gesteckt, was aussah wie eine Taube auf einem ganz kleinen Weizenschober, und flog vom Haus in den Park und aus dem Park ins Haus, sich rührend zwei Tage lang, daß die Wirtschaft in den rechten Gang kam, der auch das wenige galt, was sie mit Peregrin sprach. Bis zu dem Augenblick, da nichts mehr zu schaffen war und die Arme an den Leib fielen und es kein Ausweichen vor Peregrins Blick mehr gab -- »ja, ganz besonders, als wir uns heirateten«.

Peregrin glaubte den Ausweg gefunden zu haben.

»Du hast mich ja angelogen, Chloe, ja, ja. Du mußtest deine Rache haben und meine Bestrafung. Aber laß das nun. Es ist genug.«

»Angelogen?«

»Ich weiß es ja, du bist eine anständige Frau, wie tätest du das!«

»Ich sprach die Wahrheit, Peregrin.«

»Nein, Chloe, Wunsch vielleicht, rasch verscheuchter, möglich. Die Tat selber, nein. Sieh, es gibt Frauen, die durch den Ehebruch komisch werden. Du bist eine solche Frau. Und bist lieb wie immer, schön wie je. Du hast mich angelogen, Chloe.«

Chloe sah ihn an. Hatte er wirklich Tränen in den Augen?

»Ich kann ohne dich nicht sein, Chloe«, sagte er klagend.

Nur deshalb? dachte Chloe. Nur weil er ohne mich nicht sein kann? Und ich? Der weinende, um sich selber weinende Mann reizte sie, daß sie auffuhr:

»Kann auch Bibi nicht ohne mich sein?«

Diese naive Erinnerung an die fast schon vergessene Viertletzte ließ ihn denken, daß Chloe doch töricht sei, und davon bös gemacht, fragte er schief heraus:

»Weißt du, was Machaquito auf deutsch heißt? Bubi.«

»Das hat er mir selber oft genug gesagt«, log Chloe und dachte: Es ist wie mit dem Veilchenstrauß und dem Brautbukett. Das einmalige ist das, was sich auffallend wiederholt. Gott, Gott!

»Hat er es dir gesagt?«

»Und vieles noch, was man einer anständigen Frau nicht sagt.«

»Chloe!«

Aber schon war sie draußen und hielt sich am Türgriff. Das Herz schlug ihr aus dem Halse. So nicht, dachte sie. So geht's nicht. So schneiden wir uns den Hals ab und fahren doch zur Hölle.

Auf dem eilenden Weg in den Park stieß sie auf den Briefträger. Zwei Briefe von Machaquito. Sie lief mehr als sie ging dem Gewächshaus zu. Da war hinter den fleischigen Gummibäumen und frühem Flieder ein versteckter Winkel mit Rohrstühlen zu einem Sitzplatz gerichtet. Es roch nach Humus, Wärme und Pflanzenatem, aber Chloe war weit weg bei ihrem Freund, roch Tabak und Haut und das Haar im Nacken. Und hörte seine Stimme weich wie eine streichelnde Flaumfeder Worte sagen, dieses verliebte kinderhafte Fragen »Liebst du mich?« und wie er ihr Nicken in die Worte übersetzte: »Ich liebe dich, ich liebe dich mit meiner ganzen Seele.« Sie dachte: Du sagst Dummheiten, Lieber, aber sie sagte: »Ich finde deine Stimme schön warm.« Und er weiter: »Nicht wahr, wir werden uns immer lieben, mein Liebes?« Was für ein Geschwätz, dachte Chloe, aber sie sagte: »Immer.« Er wieder: »Sag mir, Kleines, daß du mich über alles in der Welt liebst.« Sie sah sein Herz schlagen. Und legte ihr Ohr daran, vorsichtig, die gerundete Hand wie eine Muschel davor. Dann die Lippen auf die Stelle und saugte den Herzschlag. Da zog Machaquito den Kopf an seinen Mund, und ohne ihre Lippen zu berühren, trank er tief ihren Atem. Ach, warum konnte er den Reiz der verbotenen Frucht nicht darin finden, daß sie verboten ist, dachte Chloe. Ist es denn die Frucht? Es gibt doch Menschen, welche Pfirsiche vorziehn. Die Männer sind alle dumm, der eine früher, der andre später.

Chloe hielt ein Häufchen Papierschnitzel in der Hand. Sie hatte die Briefe ungelesen zerrissen.

Es wurde dunkel in dem grünglasenen Gehäuse. Sie wischte die Augen. Aber es war der Gärtner, der draußen die Läden über die schiefen Fenster legte, einen nach dem andern, mit einem kleinen klappenden Geräusch. Die Sonne stand im Mittag. Man begräbt mich am hellichten Tag, dachte Chloe. Ich werde im Sommer sterben, dachte Chloe.

Sie ging ins Haus.

Vor ihrem Spiegel schnitt sie ihr Haar ab, das Machaquito so liebte, und schickte es ihm mit einem Brief:

»Ich liebe Dich. Ich liebe ihn nicht. Aber er ist unglücklich. Hier hast Du meine schönsten Federn als Zeichen meiner Trauer um Dich. Deine Chloe. P. S. Verbrenne meine Haare wegen der Milben, die sich draus entwicklen. P.S. Aber tu es auf dem Klosett, wegen des Gestankes.«

Sie sah aus wie ein Kanarienvogel in der Mause.

+++

»Wir müssen uns ein Programm machen, Peregrin«, begann Chloe entschlossen am andern Tage beim ersten Frühstück, als sie aus den bettelnden Augen des Mannes fühlte, daß nun wieder ein Tag sinnloser Zwiesprache anheben würde, die dann weiß Gott wie endet. »Ich habe so für mich schon meine Pläne, aber du mußt auch etwas tun. Warum gehst du nicht auf die Jagd? Die sechs Pferde im Stall stehn zuviel, reite. Fang einen Prozeß mit einem Grundnachbarn an wegen der Flurgrenze. Bau dem Pfarrer einen neuen Kirchturm für den abgebrannten. Werde Mitglied der Freiwilligen Feuerwehr, des Gesangvereins, aber tu nur irgend etwas.«

»Es ist ja nur eines zu tun, Chloe.«

Sie blickte fragend.

»Ich kann nicht leben ohne dich!«

Unter fünf Tränen, die Peregrin weinte, konnte manchmal eine echte sein. Chloe schlug einen Haken, um dem Gespräch zu entgehen. Sie setzte sich die seidene Teehaube auf den Kopf, daß die blonden Zacken darunter verschwanden. »Ohne meine Haare«, sagte sie, »ist an mir gar nichts zu finden.«

»Was ist dir da auch eingefallen, Chloe?«

»Das hängt mit meinen ernsten Absichten zusammen. Ich will mich in der Philanthropie betätigen. Du wirst deine Geschäfte haben, und am Abend erzählen wir uns davon. Sieh, Peregrin, das andere, was wir reden, wie wir es auch anfangen und damit umgehen, als ob es alte venezianische Spitzen wären, es ist doch nur unsere schmutzige Wäsche, die wir waschen.«

»Meine?«

»Und meine.«

Peregrins echte Gefühle haben nicht immer alle einen echten Boden. Die wenigen Tage, die er hier war, hatte er doch schon gefunden, was er nicht erst zu suchen brauchte, so ganz war seine Bereitschaft immer auf das Finden wie selbstverständlich gerichtet. Ein so kleines Nest konnte es gar nicht geben, daß es für Peregrin nicht etwas beherbergt hätte. Das Judenmädchen hatte ihm beim dritten Treffen erlaubt, sie hinter das Ohr zu küssen, nachdem er mit den Haarspitzen angefangen und dann bis zu den blanken Zähnen gekommen war. Was heute an der Reihe sein würde? dachte Peregrin und fühlte sein Blut zu Chloe erregt aus einem zwittrigen Gefühl, daß es köstlich sein müsse, sie damit zu strafen, daß er sie umarme, ohne ihr Wissen um seinen Betrug.

Chloe sah den Mann, fühlte ihn. Sie traute sich alles zu, jeden Widerstand. Aber er mußte mit dem größten Einsatz gewonnen sein. Die mächtige Teehaube über dem Gesichtchen, stand sie mit halbgeschlossenen Augen, lächelnd offenen Lippen gegen das von der Veranda herströmende Licht, das durch das ganz Leichte ihres Morgenkleides den Körper deutlich schattierte, stand und hielt mit zwei Fingern jeder Hand ganz leicht ihr Kleid dort, wo es die Spitzen der Brüste berührte, stand so ein paar Sekunden nur, denn sie hatte sich zuviel zugetraut. Peregrin hob sie auf wie ein ganz Leichtes, stieß die gefallene Teehaube mit dem Fuß weg und trug Chloe in sein Schlafzimmer.

»Aus mir ist schon nicht klug zu werden«, sagte Chloe am Nachmittag und strich verzweifelt mit den Händen über ihren aufrecht schlanken Körper, wie um ihm zu sagen, daß der nicht schuld sei. Aber wer? Wer?

Peregrin war es, der nun vom Programm anfing. Anderntags wollten beide richtig darangehen. Er seinerseits wollte heute schon anfangen und auf den Anstand. Chloe nickte nur. Sie spürte etwas Falsches in dem, wie er die Worte in diesen mitteilenden Satz brachte, der allzu korrekt konstruiert war, als daß er einen spontanen Einfall ausdrückte, wie es Peregrins Gesicht haben wollte. Als er etwas später unten an der Terrasse vorbeiging, sah sie ihm nach und sagte unwillkürlich halblaut: »Adieu, Bibi.« Sie erschrak darüber ein bißchen, denn es war keinerlei Bitterkeit in ihrem Herzen.

Die Nacht lag schon blau um das Weiße auf dem Korbstuhl, als Peregrin nach Haus kam. Er trat auf Chloe leise zu, die mit offenen Augen lag und um den Tod, um die Liebe, um Gott ihre Gedanken gehen ließ, wie man um ein Haus geht, die Eingangstür zu finden. Ganz erschöpft und in einem Fieber lag sie so, als Peregrin sein Gesicht über das ihre beugte. Sie drehte nur die Augen von ihm weg, aber er blieb über ihrem Mund -- will er hören, ob ich noch atme? Im Sommer erst kann er mir den Flaum auf den Mund legen. Erst ist April. Und da er sein Gesicht nicht wegtat, blies sie und blies noch einmal nach ihm, wie nach einer Fliege, die man verscheuchen will.

+++

Chloe besuchte die fünf Damen des Ortes, die sich die Wohltätigkeit auferlegt hatten, und unterrichtete sich über die ortsüblichen Aufgaben und Möglichkeiten des sozialen Liebeswerkes. Gott, es gebe ein Spital und ein Armenhaus, und dann sei auch noch ein Waisenhaus da, welches letztere aber nur eine sehr bedingte Aufmerksamkeit verdiene, denn es seien da, nun, unter uns, und da die Frau Baronin ja unterrichtet sein müsse, es seien da auch Waisenkinder, die nur gewissermaßen von einem Vater her wären, kurz und gut, es gebe einige Jungfernkinder darunter, und das dürfe man eigentlich nicht unterstützen, im Gegenteil. Überhaupt erschwere die Unsittlichkeit der unteren Stände außerordentlich das soziale Fürsorgewerk. Um diesem heiklen, aber, wie es schien, die fünf Frauenspersonen sehr beschäftigenden Thema zu entgehen, sagte Chloe, sie denke sich hauptsächlich dem Spital zu widmen und würde sich freuen, die Damen bei sich zum Tee begrüßen zu dürfen. Die Aussicht, sagen zu können, man sei auf das Schloß geladen, machte die fünf in übertriebener Weise liebenswürdig, und jede wollte nun zeigen, daß sie nicht die Nächstbeste sei, und welche Verdienste, Titel und Orden Vater, Gatte, Onkel oder Großvater besitze, und was der Landeshauptmann bei seinem letzten Besuch von ihnen gesagt habe. Chloe hielt aus bis zum Schluß, wo sie die guten Weiber wieder damit perplex machte, daß sie mit größtem Ernst erklärte: »Ach, sehen Sie, das Charitative, das meine ich gar nicht, daraus mache ich mir nicht so viel. Ich tue das nur aus Sozialismus. Ich kann die armen Leute nicht ausstehen. Wir in der Stadt sind jetzt alle im Sozialismus.«

»Wir in der Provinz sind noch nicht soweit«, glaubte die Bürgermeisterin die Autorität wahren zu müssen.

Chloe zog sich sehr schön und mit vielem Schmuck an, als sie das Armenhaus besuchte -- man muß sie doch zu einem verführen, und anders, einfach angezogen, wie du meinst, Peregrin, hätte ich keine Sicherheit vor ihnen, denn man geniert sich doch, nicht?

Chloe bekam von den Armen recht, die sie entzückt anstarrten wie ein Wunderbild, das zu ihnen niedersteige und ihre Armut nicht zu armselig finde und ihren Schmutz nicht zu stinkend, daß der Reiche einen Staubmantel über seine goldenen Kleider anzieht, um sie zu schützen.

Schöner als die Kaiserin war sie, sagte eine Neunzigjährige, die seit siebenundzwanzig Jahren erzählte, wie die Kaiserin aussah, die damals das Armenhaus besucht hatte. Nicht die Speisung mit Wein und Braten machte das alte Spittelvolk glücklich, sondern der Blick auf den Reichtum und des Reichtums voller Blick auf ihre Armut, was ihnen etwas wie eine Gewißheit menschlichen Zusammenhanges gab, wozu aber die deutlich wahrnehmbaren Unterschiede nötig sind. Der in all seinem Reichtum herkommende Mensch gibt dem Armen das Mitgefühl, ein Mensch zu sein. Der Reiche, der sich einfach macht in Gehaben und Kleidung, verbittert den Armen zum armen Teufel.

»Ja«, sagte Chloe, als sie am Abend das Peregrin auseinandersetzte, »man muß unter die Menschen gehen, damit man ein Maß der Dinge bekommt.«

Peregrin hatte unterdessen das Judenmädchen besucht, was ihn nicht hinderte, Chloe in ihr Schlafzimmer zu begleiten und darin zu verweilen bis in den Morgen. Er liebte Chloe ohne jeden Gedanken an Rache oder Strafe, und sie ließ es geschehen und dachte nur zwischendurch: Gott ... Gott ...

Die Baronin besuchte das Spital. Sie hatte Weiß aufgelegt, um vor den Kranken nicht zu gesund auszusehen, obwohl sie blaß genug war und um ihren Mund es leicht grünlich schimmerte. Ganz früh war sie zu dem Gang aufgestanden, denn man dürfe es sich nicht bequem machen, wenn es den Sinn haben solle, Hilfe zu bringen vor dem eigenen Leben. Ob sie nicht gelben Puder nehmen solle, hatte sie sich überlegt. Er macht krank aussehend.

»Zeigen Sie mir den Fuß«, sagte sie tapfer zu einem, dem ein stürzendes Faß das Bein zerquetscht hatte.

»Erzählen Sie mir, wie das passiert ist.« Der Mensch streckte seinen Stumpf hin, von dem die pflegende Schwester die Bandagen abwickelte. Chloe wurde übel, aber sie nahm sich zusammen und sagte: »Na, schön schaut das ja nicht aus«, legte rasch ihre Bonbons und Blumen dem Patienten auf die Decke und entfernte sich. Verärgert war sie, daß sie nicht das leiseste Mitgefühl empfand, und mußte doch hinken, als sie ging. Sie schämte sich ihrer gesunden Füße und hinkte wahrhaftig ein bißchen mit dem linken Bein, als sie durch die magere Stadtanlage schritt, in der es mehr Aufschriften als Bäume gab.

Sie erkannte erst nach den paar Begrüßungsworten das hagere, verschrumpfte Wesen, das auf sie zugekommen war, als eine der Wohltätigen, die Frau Posthalterin, die ohne Übergang vom Spital auf den allgemeinen Satz sprang: »Ja, wenn wir Frauen nicht zusammenhielten« und auf das Gesicht Chloes hin gleich anfügte: »Unsere Männer.«

Wenn man die sechste wohltätige Dame ist, muß man das mit hinnehmen, dachte Chloe, denn es wird dazu gehören. Also die Posthalterin habe es von ihrem Mann, und der habe es vom Apothekereiprovisor. Der ist nämlich ein großer Botaniker und viel im Wald. Kurz, Chloe erfuhr das Judenmädchen in den vertraulichen Andeutungen, die eine Frau Posthalterin einer Frau Baronin machte, wo Post und Baronie zur Andeutung, daß beide aber Ehefrauen sind, zur Vertraulichkeit verpflichtet. »Der meine hat mir auch manches in der Hinsicht aufgeführt«, wollte die Säuerliche zu trösten anfangen, aber Chloe blieb stehen und verabschiedete sich.

+++

»Wir wollen reisen«, sagte Chloe. Peregrin war sofort bereit, auf der Stelle. Chloe dachte, man erfährt es immer erst, wenn es bei ihm schon wieder aus ist. Wozu es dann überhaupt wissen? Ändert denn das Wissen etwas? Es bleibt doch alles ganz gleich. Peregrin nahm das Reisen auf und machte Vorschläge, holte Baedeker, Landkarten, disponierte Zeiten, sprach von Hotels, in denen man absteigen könne, daß man ein Auto mitnehmen müsse, oder die Reise vom Hause weg mit dem Auto -- es sei nur die Gepäckfrage da anders zu lösen. Er brachte mit seinem lebhaften Sprechen schon die ganze bewegte Unruhe des Reisens in die nachmittägige Stille, daß Chloe darüber den Atem verlor und auf einmal sich ganz matt und schwach fühlte, unfähig zur kleinsten Anstrengung einer Reise. Ihre Stimme klang kaum, so sehr zog sie den fehlenden Atem der Worte nach innen, als sie sagte: »Man muß überlegen. Nächste Woche vielleicht. Im Juni vielleicht.« Im Sommer wollte sie noch sagen, aber sie fürchtete sich vor dem Wort wie als Kind vor einem dunklen Zimmer. Und mußte die Hände auf die Brust legen. Da fühlte sie und erinnerte sich an den Brief, den sie auf dem Wege ins Hospital bekommen und in die Taille gesteckt hatte. Unbekümmert öffnete sie den Umschlag und las die paar Zeilen:

»Mein Liebstes, meine Freude im Leben, meine Freude im Tode. M.«

Das letzte Benedicite, dachte Chloe und machte Papierfetzchen. Sie sah auf Peregrin, der eine Autolandkarte studierte und sein bestes Gute-Jungen-Gesicht aufhatte.

Ja, du, Peregrin und der andere, beide scharmante Tiere in den Stunden der Liebe, aber beide so irgendwelche. Das hat mich entzückt und hat mich in Verlust gebracht, auch eine Irgendeine, die vorbeiging. Dazu wohl geschaffen vorbeizugehen. Die Liebe ist wohl sehr selten auf der Erde wie das Genie, und um dessentwillen muß man ihr alles verzeihen. Wäre ich ihr begegnet, vielleicht wäre mein kleines Herz zu schwach dafür gewesen. Denn was bin ich denn? Kreatur muß leiden.

Immer kleiner wurden die Papierschnitzel, die Chloe nun über Peregrins rundem, gebeugtem Kopf fallen ließ, wo sie sich auf dem braunwelligen Haar zerstreuten wie eine Blütendolde.

»Siehst du, es schneit noch im Mai, man kann mit dem Auto nicht reisen. Man muß noch warten.«

+++

»Heute nacht träumte mir, Peregrin, ich hätte ein Kind bekommen.«

»Und du warst begeistert?«

»Nein.«

»Nicht?«

»Nein. Warum soll ich neun Monate lächerliche Leiden haben, einen komischen Bauch, einen lamentablen Rücken, alles, um am Ende nichts als so ein verzweifeltes Etwas in die Welt zu setzen, die mehr als voll davon ist?«

Peregrin entrüstete sich, sprach, daß sie nicht normal sei und der wahre Beruf der Frau das Kinderkriegen. Er redete mit Furia Gemeinplätze, an die er aus Erziehung und Gewohnheit glaubte.

Er ist zu jung für einen Vater, dachte Chloe und sagte: »Gut, Peregrin. Aber ich finde, es gibt schon genug so Gewürm auf der Welt, das Eltern brauchte. Das ließe sich doch nutzbringend für alle Teile erledigen. Wenn du willst, adoptiere ich ein Schock.«

Peregrin erklärte, Scherze in so ernsten Sachen nicht zu lieben und stand auf, um auszugehen.

Ich muß es ihm verbergen, daß es so ist, dachte Chloe. Denn ich werde es nicht von mir geben. Ich werde es mitnehmen.

Peregrin wurde besorgt. Eine traurige Chloe, das hätte ihn nicht beunruhigt. Aber eine, die so gleichmäßig, so sicher schien, das erschreckte ihn.

»Was kann ich für dich tun, Chloe?« fragte er mit zärtlicher Lustigkeit.

Und als er in ihren Augen das kleine Funkeln merkte, mit dem sich immer die zigeunerhafte Chloe ankündigte, da hoffte er, es würden ihm gleich eine Menge lustiger Dinge einfallen, die er ihr vorschlagen wollte. Eine Herde kleiner weißer Lämmer, fing er an. Eine Jacht in den dalmatinischen Gewässern, wilde Tiere von Hagenbeck, die man im Park ausläßt. »Oder willst du einen Geliebten haben, Chloe?« In seiner Stimme war weder Lustigkeit noch Schlechtigkeit, als er weiter sagte: »Einen Bubi?«

Chloes grüne, vielleicht blaue Augen blinkten wie Phosphor im Dunkeln, denn sie kämpfte mit den Tränen.

Da legte er -- es war dämmerig geworden -- hinkniend den Arm um sie und gab seinen Kopf an ihre Brust. Sie neigte den ihren tief und sprach zu ihm, ganz leise, obgleich kein Mensch im Zimmer war, sprach lang zu ihm, bis er auf ein Wort aufschrie und hinsank. Chloe wandte den Kopf in die Seitenlehne des Stuhles und sah in die blaue Nacht. Ihre schmalen Wangen und ihre Stirn waren ganz naß von Tränen und von Fieber.

In den langen Stunden des Vergehens fragte sich Chloe, wie ein Kind, das sich mühevoll auf die Zehen stellt, eine Tür zu öffnen, die in ein geheimnisvolles Gemach führt:

Warum kam ich in diese Welt? Ich kann ja nicht einmal leben, um Mutter zu werden. Wer hat die Schuld? Großer Gott, hast du mich ins Leben geworfen, wie man zerstreut einen Stein in den Teich wirft? Werd' ich auf der andern Seite des Lebens wissen, warum dies hier alles war?

Da traten das große Schweigen in sie ein und zärtlich verhüllende Schatten. Und Chloe ging, wie sie gelebt hatte, ohne zu wissen warum und wie.

Nadine

Als in ihrem dreiundzwanzigsten Jahre Melas in den Kreis ihres
Lebens trat, hatte Nadine schon Männer aller Art gekannt und sagte
von ihnen, daß sie sich nur im Vorgehen und in der Beredsamkeit
unterschieden, sonst in nichts. Männer seien alle ganz gleich dumm,
sentimental und unbegabt. Verlangte die Arbeit des gewöhnlichen
Mannes nur halb soviel geistige Agilität wie die Arbeit der gewöhnlichen Prostituierten, so befände sich der Mann unausgesetzt am
Rande des Verhungerns. Aber nicht als ob Nadine das nur gesagt
hätte aus Schöngeisterei, sondern es war solches Wort durchaus der
Ausdruck ihrer Haltung und ohne innern Widerspruch geführte
Regel ihres Daseins so sehr, daß sie den Gedanken an eine männliche Ausnahme als eine Möglichkeit niemals dachte oder in weiche-
ren nachgiebigeren Stunden mit solcher Möglichkeit im Gefühl
spielte. Vielleicht war es diese Erfahrung aus dem Liebes- und
Mannsabenteuer, was Nadine älter aussehen machte, als sie war.
Oder es kam das dem raschen Blick nur vor, weil Nadines Züge
und Gehaben nicht wie sonst bei Mädchen der Großstadt jene
Spannungen und Entspannungen zeigten, welche den Erwartungen
und Enttäuschungen Begleiter zu sein pflegen und über welche
sich, um zu verbergen, jenes artifizielle lächelnde Email legt, mit
dem die jungen Mädchen spazieren, unschuldig wissend oder ge-
dämpft mänadisch, immer zum Manne hin in Sprung oder in ge-
spielter, vermeint nötiger Abwehr eines Angriffs aus dem Blauen
der von nichts als der Liebe erfüllt geglaubten Welt. Ein Kunstkenner aus Nadines Bekannten hatte entdeckt, daß sie Rembrandts
Machteld van Doorn gleiche, deren Bild beim Baron Rothschild in
Frankfurt hänge, nicht in der Figur gleiche, die bei Nadine natürlich
jünger und schlanker sei, aber im Gesichte: es habe denselben sinnlichen Ausdruck, der sich weder spiele noch spielen könne, denn er
sei völlig Natur, und zu diesem Ausdruck trete in apartem Widerspruch etwas Mutterhaftes, Kinderpflegendes in der großen Ruhe
dieser Augen und dem sehr Bestimmten einer ausgesprochen richtigen Nase, wie sie junge Mädchen fast nie hätten, weil sie sich zu
schneuzen genierten. Man konnte dem Kunstkenner, der diese Ähn-
lichkeit fand, manchmal recht geben. Zum Mütterlichen paßte nur
nie ganz das kupferige und reichliche Haar, sowenig zum Kunst-

werk Nadine es auch coiffierte, weil es zu schwer dazu sei, wie sie sagte.

Sie war noch nicht ganz fünfzehn Jahre alt gewesen, als sie von einem älteren lasterhaften Klavierlehrer ohne sonderliche Widerstände noch Folgen zur Frau gemacht wurde. Es kopulierte sich dieses hingenommene Faktum spielerisch mit den Fingerübungen auf dem Fortepiano und schien dem schmächtigen und etwas blutarmen Kinde irgendwie mit dem Klavierspiel zusammenzugehören, dies und das andere getrieben, um über die Zeit bis zum Erwachsensein wegzukommen, wo dann das eigentliche Leben anfinge. Worunter sie sich nichts als ihr eigenes vorstellte, ohne Genaueres bei diesem eigenen zu denken. Wie alle Kinder ihres Alters, die nach fremden Wünschen leben müssen. So war Nadine hinsichtlich der Liebe ins Laster geboren, saß darin wie eine Maus im Käse und bohrte sich mit ihren scharfen Zähnen ein Loch. Ihre Klugheit wehrte sich mit einem phlegmatischen Zynismus gegen Illusionen der Gleichaltrigen, die sie dummes Geschwätz nannte, womit sie sich bald aus dem Mädchenverkehr herausstellte. Ohne an den Gymnasiasten Geschmack zu finden, deren Schulbücher sie weit lieber las als Gespräche anhörte, die von Lehrern, Aufgaben und erwachsen tuenden Zweideutigkeiten handelten. Lieber wäre Nadine Umgang und Gespräch mit solchen Burschen gewesen, die zerlumpt, aber auch bewußt ordinär sich vor kleinen Kinobuden herumtrieben, oder wie sie sie in kleinen Trupps zu weiß Gott für Abenteuern in den Prater ziehen sah oder mit der ablösenden Musik in den Burghof. Aber das ging nun nicht für die Tochter eines wenn auch kleinen staatlichen Beamten, sowenig der auch merkte, daß Nadine nicht, wie er glaubte, einen Handelsschulkursus besuchte, sondern eine Tanzschule, was Einfall und Rat jenes Klavierlehrers war, welcher sich damit empfahl. Der seit Nadines Geburt verwitwete Vater lebte, hoch in den Fünfzigern, mit der Frauensperson, die ihm die Wirtschaft führte, in einer Art Ehe, leicht dazu von dem Dienstboten gewonnen, der nur an den Tag dachte, an dem Nadine irgendwie das Haus verließ, denn am nächsten Tag, das hatte ihr der Mann versprochen, würde er sie heiraten, schon wegen der Witwenpension, die er, zurückgesetzt sich glaubend, dem Staate nicht schenken wolle. Daß sie nur aus dem Haus käme, so oder so, verheiratet oder für einen Beruf oder, wie sie innerlich überzeugt war, als eine Schlampe, war alles Interesse, das die heirats- und pensionssüchtige Magd an Nadine nahm, die von ihr und damit auch vom Vater aus Freiheit hatte, soviel sie wollte. Nicht immer schlief sie zu Hause, und die Magd gab schweigend ihre Zustimmung. Sie wußte, daß auf die Nächte doch bald der Tag folgen mußte, da das Mädchen aus dem Hause blieb. Und der Tag kam.

An ihrem achtzehnten Geburtstag sagte Nadine zu ihrem Vater:

»Ich bin seit zwei Wochen Mitglied des Ballettkorps. Ist's auch kaiserlich, so verträgt es sich doch nicht gut mit deiner Stellung, Papa. Ich habe darum auch einen andern Namen genommen. Und meine eigene Wohnung. Ich verlasse heute nachmittag das Haus. Ich bin dir diese Rücksicht schuldig.«

Es sollte das nicht Einleitung zu einem Gespräch darüber sein, denn Nadine ging, kaum hatte sie das letzte Wort gesprochen, auf den hilflos zwinkernden Mann zu, küßte ihn flüchtig wohin zwischen Backe und gelbgraue Bartsträhnen, und mit einem »Leb wohl, Papa« war sie draußen, bevor der Alte recht verstand, von dessen weiterer Existenz Nadine übrigens nicht die geringste Notiz nahm. Etwas später pflegte sie zu sagen, sie sei ein Findelkind, womit sie ihren Familienstand radikal zu vereinfachen glaubte.

Ihrem Beruf oblag Nadine mit der Gleichgültigkeit junger Mädchen, die, in der achten Quadrille des Opernballetts tanzend, weder Ehrgeiz noch Talent in die vorderen Reihen rückt und die ihre Gönner auch nicht dazu mißbrauchen, ihnen durch Protektion das Fehlende zum Nachvornekommen zu ersetzen. Nadine hätte ebensogut Stenotypistin oder Telefonmädchen sein können wie Tänzerin. Ohne jeden sozialen Instinkt erlag sie keinerlei Bestimmung durch Beruf oder Milieu und entfaltete ihre vagabundierende Intelligenz zu keinerlei Aufgabe oder Vorsatz irgendeines Einrangierens. Nicht einmal den Jargon ihrer Umgebung nahm sie an. Sie ging von nichts aus, nahm keinen Weg, weil sie um jedes Ziel ratlos gewesen wäre, nicht vor der Wahl unter vielen möglichen Zielen ratlos wie vielmehr davor, daß es so etwas wie einen Sinn oder Zweck des Lebens überhaupt geben solle, worauf hin man sich unter dem Beifall oder Mißfall der andern sein Leben einrichtet. Das schien ihr eben die wesentliche Dummheit der Männer auszumachen, daß sie ihre blöden Betätigungen als Geschäftsleute, Politiker und Bankkassierer so ernst nahmen, so ernst, daß sie mit einer Frau gar nicht darüber sprechen wollten. Ja, weil die Frau sie eben auslachte, dachte Nadine. In Büchern sich auskennend, hätte sie einen alten Autor zitieren können, daß das Leben eine zerbrechliche Sache sei, aber nun besonders vorsichtig damit umzugehen, dieser Schluß lag der Achtzehnjährigen ganz fern. Größte Sorgfalt gab sie nur der Pflege ihres Leibes, nicht weil er ihr schön oder zu verschönern nötig vorkam, sondern weil sie die pedantische Regelmäßigkeit seiner Besorgung in Waschen, Füttern, Schlafen, Kleiden wie die Feder ansah, welche das Uhrwerk in Gang hielt. Möglich, daß sie einer ihrer ersten Bekannten eindrucksvoll auf diese Notwendigkeit aufmerksam gemacht hatte, möglich auch, daß es Beobachtung an den Mädchen der Straße war oder rasche Einsicht aus einem gehörten Gespräch von Kolleginnen, wahrscheinlich aber wohl, daß völliger Gleichmut, Unbekümmertheit ihrem seelischen Leben gegenüber dieses sich wenigstens einige Sicherheit des Leibes, seiner Herberge, gab und hierin Genauigkeit verlangte bis ins Äußerste. Denn Nadine lebte, wie es damals ein Beobachter hätte ausdrücken können, wäre ein solcher in ihrem Umgang gewesen, eine Korruption ihres Herzens so sehr, daß ihr völliger Verlust drohte. Aus dem sie sich nach einem Jahr solchen Daseins in die einzige Position rettete, die solche Art zu leben noch bot, nämlich in die betonte Absicht, so zu leben. Sie machte daraus einen überlegten Plan, den sie, und eben darin lag ihre vorläufige Rettung, auch in der schlimmsten Ausschweifung nicht verlor, und zu dessen Durchführung sie, wenn nötig, Asche gegessen hätte. Mit unschuldsvollstem Gesicht hatte sie angehört, was ihr die Kulissenfreunde ihres Berufes, selber darob fast errötend, sagten, und Nadine dankte diesen älteren und alten Herrn die sehr wichtigen Kenntnisse der Schamlosigkeit, welche das Schmieröl ist für die kreischenden Angeln des erotischen Schreckens. Sie bekam aus solcher Kenntnis einen sicheren, doch nie falsch verwandten Zynismus, der sie vor jedem sentimentalen Hereinfall schützte und ihr eine außerordentliche Herrschaft über die Situation gab. Von Ort, Umstand und seelischer Verkleidung her konnte ihr in ihrem späteren Leben nichts mehr passieren. Aber nicht intellektuelle Routine wurde ihr das Wissen, sondern instinktgeübte und körperlich sichere Geläufigkeit.

Nadine war zwanzig, als sie in diese ihre Sicherheit eintrat wie in ein Haus, zu dessen Einrichtung sie ein Jahr gebraucht hatte und dessen Winkel und Luken sie nun blind gefunden hätte. Nicht eigentlich schön, kaum gefallend, bekam ihr blaßgelbes Gesicht, sowie die Nacht einfiel, eine schimmernde Durchsichtigkeit, über welche die grauen, leicht halbgeschlossenen, dunkelbewimperten Augen wie weiche Pfötchen einer Katze strichen und streichelten, und in welchem Hellen aus dem kaum geschwungenen Kinn sich Lippen fest und straff, wie mit tiefroter Seide überspannt, sehr scharf abhoben. Nie brauchte sie einen Lippenstift. Und nie ein Korsett für die harten kleinen Brüste. Ich bin erst des Nachts: sie wußte das, und es galt nicht nur von ihrem leiblichen Wesen. Sie mied des Tages ihre Freundschaften, wenn irgend möglich, worin ihr die Freundschaften um so lieber nachgaben, als sie am Tage anderes zu tun hatten und oft genug auch, zu Nadines Zufriedenheit, die Nacht für ihre Geschäfte, oder um sich davon auszuruhen, brauchten.

Es ergab sich aus Nadines Zugehörigkeit zum Ballett ganz von selbst, daß sie ihre Freunde nicht zu ihrem eignen Vergnügen wählte und deren Vergnügen sich möglichst hoch bezahlen ließ. Lasterhaft, wie sie war, fand sie, ohne zu suchen, die zu ihr Ausdauerndsten unter der Gesellschaft von echten Lebeleuten, bei denen sie lernte, und von unechten, die sie lehrte, wobei sie aber so tat, als lernte sie auch von ihnen. Zu ihrer die Männer festhaltenden Sinnlichkeit, welche die echten entzückte, hatte sie die im Verkehr mit den unechten nicht schwierige, aber nötige Kunst erworben, diese Rasenden, ohne daß sie es merkten, wie eine Frau zu führen, welche die Kokotte macht aus geilem Übermut.

In den Anschauungen des Ballettkorps charakterisierte den echten Lebemann die Phantasie, Geld auszugeben. Es begreift sich aus der schließlichen Erschöpfbarkeit der Mittel, daß die echten weit seltener sind als die andern, die nichts als reich, aber noch unecht sind. Diese reagieren nun wie Vollblütige auf Blutegel: sie fühlen sich, um Geld gebracht, sehr angenehm erleichtert. Die große und vergebliche Anstrengung einer erfindungslosen Phantasie, wie und wofür Geld auszugeben, wogegen sich bei diesen Männern rationale Übung, Geld zu machen, wehrt, findet glücklich Erlösung in der Mätresse, die ihnen mit dem Gelde die Mühe abnimmt, besonders

wenn sie es so geschickt wie Nadine verstand, daß der Mann den
Eindruck haben konnte, diese Frau mache eigentlich für ihn Kapi-
talsanlagen, indem sie sich Schmuck, Häuser und Wertpapiere geben lasse. Nadine hatte es bald gemerkt, daß die Verpflichtung zur
weiblichen Gegenleistung in dem Maße abnimmt, als die geldliche
Leistung des Mannes zunimmt, und daß die an eine Frau ver-
schwendeten großen Summen männlicher Eitelkeit ebenso schmei-
cheln, wie sie seltsamerweise die männliche Sinnlichkeit befriedigen. Je billiger das Straßenmädchen ist, desto mehr muß sie dafür
leisten. Die Dummheit der Männer, so fand es Nadine wieder bestä-
tigt, vermag zwischen Schein und Wirklichkeit nicht zu unterschei-
den; sie sind doch immer kleine Buben mit Bart. Ohne Mühe arbei-
tete sie bei wachsenden Einkünften mit einem Minimum von per-
sönlicher Leistung, als welche sie schon ihre Anwesenheit bei mehr
lächerlichen als anstrengenden Gelagen in Rechnung stellte. Denn
die armseligen Ausschweifungen dieser kurzdatierten Elegants, die
Monotonie der Zote im billigen Format der Zweideutigkeit oder
eines nacherzählten Witzes und mittendurch übergangsloses Reden
von Geschäften, das die Männer untereinander führten, machten
Nadine mit ihrer geistigen Anwesenheit flüchtig aus der Gesellschaft und, da sie nirgends weder Ort noch Stelle hatte, wohin sie
sich mit leidlich angenehmem Gefühl bringen konnte, war ihr Last
und Leistung, hier in dem Partikulier an dem Tische mit denen
sitzen zu müssen und Rolle zu spielen. Auch dieses gab ihr nicht
immer rasch nötige Ruhe, daß sie in solchen Augenblicken sich
wieder um tausend Prozent teurer machte. Und daß sie, wenn auch
aus feindlichem Gefühl gegen diese Männer, Zahl, Ziffer, Rechnung
wurde und damit sich doch recht eigentlich zum Wesen dieser
Männer gesellte, das in einem Bankkonto ausdrückbar auch dann
noch blieb, wenn sie liebten -- diese paradoxe Lächerlichkeit wurde
Nadine einmal beim schwarzen Kaffee eines Mahles zu dritt so
deutlich, daß sie sich rasch auf die Toilette entfernen mußte, wo sie
erbrach. Nach diesem krassen Aufstand der Seele, diesem drasti-
schen Ausrufezeichen, blieb Nadine acht Tage zu Bett bei verschlos-
senen Türen. Besah ihr Leben, wendete es nach allen Seiten, versuchte sich in Entschlüssen und kam zu nichts, das sie mit einem
Sprunge das Bett zu verlassen gezwungen hätte, aus ihm geschleu-
dert hätte in einen neuen Tag. Denn sie stellte nur einiges ab. Und
das waren Kleinigkeiten. Suchte sie den wirkenden Ersatz, faßte sie

schon ins Leere. Sie gab nur auf, woran sie länger schon kein Teil
mehr nahm, warf nur Verbrauchtes weg, trennte sich von nichts,
das sie, wenn auch nur kürzeste Zeit, entbehrt hätte. Dem Theater
schickte sie ihre Kündigung. Wie dem letzten, der sich gerade ihr
Freund nannte. Sie verabschiedete ihre Zofe, da sie merkte, wie die
niedrige, kupplerische Person der abgestellten Wirtschaft mehr
anhing als der Herrin, und nahm ein Mädchen aus der strengen
Schule des Schwesternhauses in Dienst, das jeden Morgen um sechs
zur Messe ging. Der Koch nahm Abschied mit der Zofe. Eine runde
ältere Frau ersetzte ihn; daß sie mit einem Kanarienvogel und zwei
Katzen einzog, war Nadine angenehm. Drei Tage lang hatte sie das
Telefonrohr abgehängt, kam in Strafe deswegen und bestellte das
Telefon ab. Ebenso die tägliche Masseuse, deren Aufgabe es gewesen war, das alkoholische Fett wegzufingern. Bleibe ich noch länger
im Bett, so zünde ich das Haus an, dachte Nadine am achten Morgen, als ihr das Mädchen den bestellten Besuch des kleinen alten
Herrn meldete, der seit zwei Jahren und, wie er sagte, für seine
väterlichen Gefühle als Entschädigung, das Glück genoß, Nadines
Vermögensangelegenheiten in Ordnung zu halten. Nadine war
dieses früheren Bucketshopers nicht einzige Kundin, denn nichts
sonst als solcher Dienst in den Geldaffären konnte den äußerst häßlichen Alten mit dem von Pusteln roten Gesicht in die Nähe und
den Umgang mit jenen Frauen bringen, ohne deren Geruch er nicht
leben konnte. Den lüstlich schnuppernden Mann bei klaren Gedanken und deutlichen Worten zu halten, war heute mehr als sonst
noch nötig, darum ihn im Schlafzimmer zu empfangen unmöglich.
Der Geruch des warmen zerlegenen Bettes hätte ihm den Speichel
aus dem Munde getrieben, und er hätte sich geschäftliche Auskünf-
te nur widerlich erpressen lassen. Rasch ließ sich Nadine ankleiden.
Wie ein Präsent hatte der Alte in der Zeit des Wartens Nadines
Papiere auf dem Tisch ausgelegt, und sie wußte sich nach wenigen
Minuten vermögender, als sie geglaubt hatte. Ihr vergessene Posten
kamen überraschend zum Vorschein, andere waren günstiger, als
sie gedacht, und auf den gegen früher doppelten Ertrag aus zwei
Mietshäusern in der Vorstadt, in denen der Alte besser rentierende
Kleinwohnungen an Proletarier eingerichtet hatte, war Herr M. F.
Friedmanns Bankgeschäft besonders und so sehr stolz, daß er sich
den Dank dafür selber holte, indem er seine zur Schnute vorge-
stülpten Lippen Nadine in die Achselhöhle wühlte. Der von dem

Alten erregt erwartete Klaps von Nadines Hand blieb diesmal aus. Das Adieu sagte sie zur Türe hin.

Sie war allein. Stand am Tisch, die Hände darauf gestützt, und sah mit fast geschlossenen Augen das Tun zweier Jahre festgehalten in Aktien, Mietverträgen, Obligationen, Hypotheken, Scheinen, Rechnungen und fragte sich ohne Antwort, ob dies nun viel sei, was sie bekommen, oder jenes viel, das sie gegeben, hob leicht die Hände, bewegte sie wie wägend leise auf und ab, die rote Zungenspitze aus den Lippen schiebend wie einer Waage Zünglein. Aber sie öffnete nun Mund wie Augen, als sie dessen auf einmal innewurde, daß ihr so Maß wie Waage fehlten, und nicht einmal eine Spur jenes Hurenstolzes in ihr sich regte, von dem sie wußte, daß es ihn gäbe.

Sich im Undeutlichen irgendwelcher Gefühle zu behausen und schmerzlich genießend darin wohl zu fühlen, war gar nicht Nadines Art. Aus ihren ganz privaten Erlebnissen allgemeine Schlüsse auf Welt, Menschen und Ablauf zu ziehen, den Bereich des ihr wirklich Erfaß- und Haltbaren zu verlassen, das wäre ihr wie dumme Feigheit vorgekommen, wie ein Verstecken vor sich selber. Sie blieb in allen ihren Gedanken und Überlegungen immer und ganz bei sich selber, gab nicht ein Zollbreit von sich auf und nannte, moralisch indifferent, wie sie war, das eine dumm, das andere gescheit, nie aber mit den Vokabeln aus der sozialen sittlichen Sphäre das eine recht, das andere unrecht. Sie sah sich und jeden andern Menschen im natürlichsten Kampfe mit seinesgleichen, unterliegend, wenn er dumm, gewinnend, wenn er es nicht war. Nichts anderes.

An dem Tage, da sie mit ihren Geldfreunden Schluß machte, war in ihr nicht die Spur von dem, was man moralischen Katzenjammer nennt. Daß sie Waage und Maße nicht hätte, Geldbesitz und Leib gegeneinander zu wägen, das erledigte sich ihr ohne Anstrengung zum Zynismus damit, daß hier von vornherein das eine so viel oder so wenig wert sei wie das andere, und daß nur, wer schlechte Geschäfte gemacht habe und sich betrogen glaube, nach der Waage schreie. Sie reckte ihren festen Körper, daß es knackte, dehnte die Arme, spannte die Brust, schlug das feste Gebiß klirrend aufeinander und fand sich um nichts vermindert und um ein Wissen reicher aus diesen zwei Jahren, eben dieses, daß sie so gescheit geworden war, jetzt und in diesem Augenblick etwas zu endigen, das weiter zu treiben ohne Verstand gewesen wäre. Sie erinnerte sich an jenes Speien vor Ekel und dachte: sogar mein Magen denkt.

Wie neu war wieder die Welt vor ihr und sie voll gespannten Sinnes in die neue eintretend. Als läge sie in einem kohlensauren Bad, so kitzelte sie Prickeln in Waden und Schenkeln, lief es ihr perlend im Rücken, fühlte sie knisterndes Haar. Sie warf die Decke ab und, auf Nacken und Fußsohlen gestützt, machte sie hohles Kreuz, daß Bauch und Scham sich hohlwölbten wie eine Tempelkuppel.

Der intelligenten Geschicklichkeit Nadines gelang es in kurzer Zeit, in den Umgang mit jenen Männern zu kommen, deren gesellschaftlich immer etwas problematische Stellung ihr Erholung sein sollte vom klassifizierten Korrekten ihres bisherigen Kreises, den wesentlich die Finanz bestimmte, mit Männern sogenannter freier Berufe. Was sie bisher davon kennengelernt hatte, als Garnierung reicher Tische geladen, genügte, daß sie sich von der geistigen Verderbtheit dieser »Bohemiens« etwas romanhafte Vorstellungen machte. Die vermeinte größere Verschiedenheit dieser Männer, ihre angenommene Einzelheit sollte ihr den Tag weniger monoton machen. Gab es nun auch solche Verschiedenheit, so hatte doch Nadine keinen Sinn dafür, da sie nur Gradunterschiede des Talents sah, womit die einzige Aufgabe, die sie sich stellte, gelöst wurde. Sie kam hier bald zu dem festen Glauben, daß die einzig mögliche und innerlich wahre Beziehung zur Welt und ihren Gegenständen bei der Frau, die obenauf bleiben wollte, die sinnliche Beziehung sein müsse, da es die vom Manne gemachte Welt einmal wolle, daß die Frau zwar dumm, aber sinnlich sei. Das künstliche Wesen Dame, das der Mann wünschte, um sich leichter in seiner Insuffizienz des Intellekts zu behaupten, verstand Nadine um so leichter zu spielen, als sie ihren Leib dazu nicht zu überreden brauchte, sinnlich zu sein. Aber sie bekam in dieser Gesellschaft einzelhafter Männer den Stachel, wirklich zu allen Dingen diese sinnliche Beziehung zu erreichen, den Mann gewissermaßen wörtlich zu nehmen. Und das steigerte ihre Klugheit zu Verstand, ihren Witz zu Geist und ihren sexuellen Appetit zu einer ihr Wesen durchdringenden, angenehm vergiftenden Feinschmeckerei, mit deren unausschaltbarer und mehr erfühlten als gemerkten Präsenz sie herrschte, wie sie wollte.

In solchem Leben bleiben wollen und es nicht ertragen, sondern wahrhaft führen, dazu gab es als einzige Sicherung die Haltung, die für Nadine etwa so ausgedrückt wäre: sie wollte die Kapazität der Seele auskundschaften, sehen, was alles an Ungeheuerlichem darin Platz habe. Hartwandig wurde sie dabei wie jene Gefäße, in denen man Sprengstoffe ausprobiert. Denn die als notwendig erfaßte Haltung zu behaupten, war nur mit äußerster Anspannung und Steigerung aller dafür als mobil in Betracht kommenden Kräfte möglich -- ein Nervennetz ebenso elastischer wie unzerreißbarer Stahlbänder umgab eine Spiritualität, die sich in dem Maße ausdehnen und verdichten mußte, als Nadine in der Richtung ihres im also Sinnlichen bestimmten Wesens lebte.

Auf sogenannte geistige Männer übte Nadine jetzt die stärkste Wirkung aus. Denn hier wurden alle ihre Kräfte lebendig, den Zusammenbruch der ihr immer nur utopisch scheinenden Geistigkeit des Mannes herbeizuführen oder doch zu fördern, Holz zum Stoß zu tragen, in die Flammen zu blasen. Des früheren Spiels, des Kampfes um das Geld der Männer, war sie als eines zu leichten überdrüssig geworden in dem Maß, als ihre Kräfte wuchsen. Der Bedrohte tat hier ja nur manchmal so, als wehrte er sich, um schließlich zu geben und dann nur ein Akzidentelles seiner Person, wenn auch ihr einzig Auszeichnendes: das Geld. Jetzt aber versuchte Nadine den Mann, der sich unteilbar vorkam. An ihrer unzerstörbar im Leiblichen gegebenen Einheit ihres Daseins, die beim Manne nur im reinen Denken als Fiktion vorhandene Synthese zum Zerfallen zu bringen, erschien Nadine als ihres Einsatzes nunmehr werte Aufgabe, die zu erfüllen mit der Schwierigkeit des Falles und der Steigerung der von ihr darangesetzten Kräfte ihr fast wie Pflicht wurde, lustvoll erfüllte Pflicht. Die Anstrengungen des Mannes, über das Faktum der Sünde hinwegzukommen, ihm die immer wieder versuchte Haltung zu nehmen, die sie als eine nichts als nur gedachte, niemals wirkliche verhöhnte -- dies war das aus ihrer ersten Verworfenheit geschaffene Mittel, sich zu behaupten. Sie lebte im Bösen und genoß es.

Es war Nadines Werk, daß der berühmte S. ins Kloster eintrat. Er professierte, wie man weiß, die Dogmatik einer ethischen Ästhetik, einer Verschmelzung der sittlichen Grundwahrheiten mit den Subtilitäten des Verstandes, der Sublimierung der Liebe in eine halb wissenschaftliche, halb christkatholische Kategorie. Nadine widerlegte ihn im Praktischen radikal, indem sie ihn unausgesetzt seine menschlichen Voraussetzungen erleben ließ, ihm seine Psychologie auf den Leib hetzte, nicht etwa diskutorisch, sondern durch die Heftigkeit ihres sinnlichen Appetites, durch eine naive Impertinenz, durch ein Gebot absoluter Keuschheit, das sie ihm für acht Wochen auferlegte, durch das Gewissen, das sie in ihm weckte und nicht zur Ruhe kommen ließ, darüber, daß er einmal eine ehebrecherische Frau umarmt habe und dessen Frucht dem Gatten unterschoben. Sie kombinierte aus Anzeichen in Wort, Miene, Geste Verdrängtes, Verborgenes, brachte es hervor, ließ es wirkend sein. Sie verführte seinen Blick auf zwölfjährige Mädchen, gab ihm Träume davon, bis er, selber erschreckt, Gefahr gestand und in Nadine, die nun ganz die Zwölfjährige spielen konnte, die Retterin sah und die Richterin zugleich fand. Als der intellektuelle Stolz dieses Denkers der Welt nichts mehr sonst wollte als Nadines letzter Hund sein, da schien es ihr soweit, ihm den Abschied zu geben. Denn nun war ihr Werk getan. Was von S. noch übrig war, ging zu den Trappisten die via negativa zur absoluten Kontemplation, die jedes Tun verweigert und mit dem Werden ein Ende macht, um ein Sein zu erreichen.

Nadine sagte damals von S. nichts als: »Sein Start war falsch.«

Irgendein Holzknecht war Nadines Sommererholung im Tiroler Gebirge, wo sie aus ihrer Ballettzeit ein kleines Landhaus besaß, Geschenk eines Wüstlings für ihre Virginität, die dritte oder vierte der damals Siebzehnjährigen. Der Knecht roch nach Schweiß, leise nach Schnaps und schneuzte sich in die Finger. Nahm die Frau ohne Umstände frühmorgens auf einer Waldlichtung, Rehe schauten mit neugierigen Augen und auf drei Beinen, das vierte fluchtbereit, und die Stalaktiten der Sonne standen im Walddunkel. Der Bursch besaß siebzehn Vokabeln und gebrauchte davon nicht vier, und seines einzigen Procédés war er ganz sicher, denn keine Kenntnis eines zweiten und dritten ließ ihn schwanken oder ausgleiten. Der gute Wast, dachte Nadine, der eine so einfache Sache so einfach läßt, wie sie ist, weil er Holz hackt, rauft, trinkt, wildert und sonntags in die Messe geht! Sie empfand dabei nicht die geringste Schwärmerei für Natur oder daß sie sich die Bergère vorgespielt hätte. Es war für sie, was sich da vollzog, weder idyllisch noch heroisch, sondern sie brachte so nur ihre Stadtnerven in Ordnung, verschrieb sich das wie kuhwarme Milch und Landbrot für eine kleine Zeit, deren Ende sie im Herbst nicht nur nicht bedauerte, sondern eher wie eine Erlösung von einem kleinen, aber notwendigen Übel empfand. Als die Waste in ihrem städtischen Kreis bekannt wurden, wollten einige junge Schwärmer in Nadine die Wiedererrichterin einer Sache sehen, die sie Matriarchat nannten.

Nadine fuhr diesmal in die Stadt zurück mit dem bestimmten und wohlgestärkten Vorsatz, Melas zu erledigen. Dies war ihr Wort: erledigen. Er hatte sich ihr im Frühjahr mit allen Deutlichkeiten des Verliebten gezeigt. Aber Melas brüskierte die erstaunte Nadine, indem er sich hartnäckig an der Peripherie hielt, obzwar sie jede Menge aus dem Kreis entfernt hatte und also Platz gewesen wäre. Ihr Eigensinn wurde lebendig, als er fast phlegmatisch gar nichts dergleichen tat, als ob er Lust hätte, je den Radius zu verkleinern. Entschlossen machte sie den ersten Schritt, lud ihn zum Tee ein. Melas blieb ein eher kalter als kühler Herr, der ohne jede Liebenswürdigkeit korrekt ist. Nadine zwang sich noch einen Schritt ab. Sie wechselte das Niveau des Stimmtons, kam damit näher an das nichts als Männliche. Melas schien verwirrt, verlegen, fürchtend, die Haltung zu verlieren. Sie merkte, daß sich die Lippen in dem knochigen Gesicht fester an die Zähne preßten und die Nase sich dadurch verschmälerte. Nadine wurde vorsichtiger. Denn diese Art, das wußte sie, konnte sich auf einmal in barbarischer Kühnheit entladen. Nadine bat ihn also neben sich, um die gefährliche Spannung in einer spielerischen Galanterie sich verpuffen zu lassen, den Mann damit zu erschöpfen, den Weg, der so bedrohlich gerade aussah, zu verwirren. Aber da stieg auch plötzlich ein feindliches Gefühl gegen diesen Menschen in ihr auf, von dem sie nichts wußte und den sie nicht erriet. Nadine wurde am Erfolg ihrer Vorkehrungen zweifelnd. Das Gespräch kam nicht in Gang. Melas gab, ohne daß man ein Interesse an dem Gesprochenen bei ihm merken konnte, zu direkte Antworten, die immer erledigten, so daß Nadine nicht immer vermeiden konnte, das Thema zu wechseln. Ich flattere ja wie ein Vogel, dachte sie, und wie heißt doch die Schlange ... Da, als sie sich niederbog, einen Faden vom Kleid zu lösen, nahm er sie. Und bevor Nadine sich auch nur wehren konnte, blieb ihr nichts mehr. Was sie auch versuchte, seine Hände hielten sie fest, und sie mußte sogar dieses noch, mußte sich in den Takt finden, den er angab. Nur die Lippen konnte sie von den seinigen wegwenden. Nichts sonst als die Lippen.

Melas sprach irgendwoher aus dem Zimmer, das nun dunkelte: »Ihr Gehirn ist glücklicherweise nur in Ihrem Kopf, Nadine, und nirgends sonstwo. Die beiden getrennten Aspekte stehen Ihnen vortrefflich. Unbeweglich oben, beweglich unten, klarsichtig und passioniert. Das ist hübsch.«

Nadine hockte verkauert in der Diwanecke und hatte einen gedrückten Atem. Sie spürte die Verachtung in den Worten des Menschen wie eine Last, die er ihr zu tragen gab und die sie trug. Und sagte kein Wort. Sah nur manchmal, den Kopf unbewegt, den Mann, auf den nun irgendwelches Licht von draußen fiel, von unten herauf an, nicht weiter als bis zum Hals, als traute sie sich nicht an seine Augen. So hockte sie in den Kissen und hatte wie nie bisher ein Körpergefühl, war wie aus sich selber draußen, spürte ihren Leib als ihren und doch wie einen fremden bis ins einzelne Glied. Auch als er sich höflich verabschiedete, hatte sie kein Wort.

Eine Stunde später mußte die Zofe Nadine aus der Starre wecken, mit der sie noch immer in der Ecke kauerte, die Beine an den Leib gezogen, die Arme darum geschlungen, den Kopf darübergelegt. Das Haar war nach vorne gestürzt wie eine Welle Blut, und der Nacken lag hoch hinauf blank. Sie ließ sich nicht entkleiden. Tat das selbst. Die Neugier erstaunte sie gar nicht, mit der sie in der Wäsche eine Spur suchte wie eine überfallene Jungfrau. Und war überrascht, das Blut nicht zu sehen.

Damals, als Nadine rentengeschützt von den Geldleuten zu den Geistleuten wechselte, dem Boden entsagte, der ihr darauf wucherndes Dasein ihr zu üppig-träge werden ließ, so daß sie fürchtete, Fett anzusetzen, da schraubte sie sich in die dünne Luft einer Höhe, die sie, ganz Geschöpf der Tiefe bleibend, nur mit dem diätischen Korrektiv Tirols vertrug, um doch immer des Sturzes in die Tiefe gewärtig zu bleiben. War sie erst Parasit am Leib dieses Bürgertums gewesen, so war sie es nun an dessen Geist, dort nun sich versündigend gegen das, wozu sie da war. Theologisch gesprochen, könnte man sagen, Gott bediente sich dieses Melas als eines Werkzeuges, die übermütig gewordene abtrünnige Dirne zu strafen für Untreue gegen sich selber, da es die göttliche Ordnung der Welt verlange und immer durchsetze, daß Grenze und Funktion von jedem eingehalten und erfüllt werden müßten. Nadines Sturz in die Erde vollzog sich in einer geraden Flugbahn, widerstandslos und völlig.

Ihrem Tagdenken über diesen Menschen kuppelten sich Angstträume der Nächte. Im Haß glaubte sich Nadine von diesem Melas geliebt, und ihr Vergnügen an diesem vermeinten Haß war ohne Grenzen. Denn als Haß erschien ihr, daß Melas die Frau seinen kleinsten Wünschen gehorsam machte, sie ganz in seinen Willen faltete. Er haßte die Frau aber gar nicht. Denn er liebte sie gar nicht. Er nahm, was von ihr zu nehmen war, ließ alles andre und dachte vielleicht die noch unbestimmten Pläne, die er mit ihr hatte. So war er zärtlich oder brutal oder kalt. Stück um Stück ging Nadines geistiger Besitz in Fetzen. Sie, deren Witz über eifersüchtige Frauen unerschöpflich gewesen, wurde eifersüchtig. Worauf Melas nur sagte, daß er ginge. »Ja, weil du mich eben nicht liebst«, sagte sie, ganz wie jede Frau, und hatte Tränen, ganz wie ein Dienstmädchen. Seine Nicht-Liebe war wahrhaft ihre erste Liebe. Melas blieb völlig ungerührt und sagte nur: »Ich bin nicht für derlei Theater. Du weinst und setzt dich ins Werk, um mir deine dummen Lügen beizubringen. Kein Wort, das du sagst, denkst du auch wirklich. Mir ist lieber, du schweigst. Betrüge ich dich, so wirst du es nicht erfahren. Das ist alles, was drüber zu sagen ist.« Und er blieb drei Wochen unsichtbar für Nadine.

Nicht daß sie diesen Menschen irgendwie bewundert oder respektiert hätte. Ihre Liebe, die irgendwie Eifersucht und Tränen aus ihr preßte, nahm ihr nicht die Klarsicht in Melas' Fehler, aus denen dieser auch gar kein Hehl machte. »Du hast kein Herz, Melas, nicht einmal ein schlechtes wie ich«, sagte sie.

»Nein. Ich habe keins. Es stimmt. Und habe ich eins, so spielt es in unserer Affenkomödie nicht mit.«

»Du hast auch sonst keinerlei Vorzüge.«

»Ich habe gar nichts, das den Mangel an Herz ersetzt. Meine Kenntnisse sind geringer, als ich sie brauchen könnte und wünschte. Ich arbeite sehr ungern. Selbstachtung Null. Auf die Intelligenz, diese mediokre Fähigkeit, die Beziehungen von Ursache und Wirkung zu erkennen, pfeife ich. Nein, Nadine, ich habe wirklich keinerlei respektable Qualitäten. Wenn du mich für deinen Ehrgeiz hast, kommst du nicht auf deine Rechnung. Wir wollen nicht mehr sprechen und in den Zirkus fahren. Boxmath Briefhover und Munsulla.«

Nadine widersprach Melas in dieser negativen Charakteristik seiner Person nicht nur nicht, sondern verstärkte sie noch, ohne dabei aber so deutliche Tatsachen zu verlügen wie Entschlossenheit, starken Willen, Bestimmtheit, die Melas so eigneten wie die Kräfte seines Körpers, dem keinerlei Ausschweifung etwas anhaben konnte. Aber aus seinen zugegebenen Fehlern folgerte sie andere, die sie sich ausdachte aus dem, was ihr an Melas unzugänglich und verschlossen war wie die Welt, in der er lebte, die Menschen, mit denen er zu tun hatte, die Gegenstände, mit denen er sich beschäftigte, wovon allem er nie ein Wort mit ihr sprach. Erst direkte Fragen danach lehnte er ab. »Was hat das damit zu tun, daß du mich, wie du sagst, liebst?« Später, vorsichtiger befragt, kam etwa die Antwort: »Wenn du es schon brauchst, so nimm an, ich sei Ingenieur ohne Stellung und schlage mich mit zweifelhaften Geschäften so lange durch, bis ein Coup gelingt.« Nadine war es Lust, das ihr Unbekannte dieses Lebens sich im Trüben, Gemeinen vollziehend zu denken, um das Grauen, das sie vor Melas empfand, zu verstärken und mit dem Grauen das Vergnügen, das sie aus dieser Liebe hatte. Als er sich das erstemal Geld von ihr lieh, einen nicht geringen Betrag, spürte sie ein ganz lokalisiertes Gefühl der Wollust. Er hatte ohne mehr Worte verlangt, als die Ziffer braucht, und im Tone fast eines Befehles. Sie bekam Schwäche in den Knien, als sie ihm die Scheine gab. Und sie war verstimmt, als ihr Melas das Geld am dritten Tage darauf wieder zurückgab. Ob er es denn nicht noch brauche? Und daß es doch keine Eile habe. Nein, er brauche es jetzt nicht mehr. Sie mußte sich sehr zusammennehmen, ihm nicht zu sagen: ich bezahle gern. Ein paar Tage darauf erbat Melas den doppelten Betrag. Die leichte Unsicherheit, die ihn »ich bitte dich« hatte sagen lassen, verließ ihn sofort, als er sah, wie der Wunsch Nadine glücklich machte, ihre Hand zitterte, als sie flüchtig und oberflächlich die Scheine auf den Tisch zählte, sich um zwei zu seinen Gunsten absichtlich verzählte. Er steckte das Päckchen ohne ein Wort in die Hosentasche. Wie einem innern Befehl, der sie aufhetzte, gehorchend, lockte sie den Mann, der gleich gehen wollte, mit dem Leibe zu bleiben. Sie schwelgte, da er blieb, nahm, da sie zum Ausgehen bereit gewesen war, den Hut nicht ab, als sie sich hingab.

Von dem Tag an fand Melas, wenn er sich zu Hause entkleidete, in den Taschen seines Anzuges immer Geld, das Nadine heimlich da hineingesteckt hatte, nach jedem Besuch. Sie hatte nur Angst, daß er einmal davon sprechen oder gar dafür danken könnte, mit einem Wort, einem Geschenk. Wie ein erleichterndes »also« war es ihr, als sie merkte, daß Wäsche und Garderobe des Mannes sich ins auffallend Feinere erneuerten. Tägliche Maniküre wurde erkennbar und das Fahren im Wagen so selbstverständlich wie das Vermeiden nicht ganz erstklassiger Lokale, wenn man etwa nach dem Theater gemeinsam soupierte. Mit kostbaren Geschenken tat Nadine dazu, was noch fehlte. Sie gab die Perle in den Schlips, das Rohr mit dem goldenen Knopf und den Pelz. Aber sie merkte, daß der Reiz solcher Bezahlung sich erschöpfte. Und im vorsichtigen Schutz einiger Gläser Champagner glaubte sie es wagen zu können, sich den Genuß ihrer Liebe damit zu schärfen, daß sie mit lachenden Händen, aber ernsten Mundes für die erwartete Liebesstunde einen Geldpreis aussetzte.

»Ich mach' es dir leicht, ihn zu gewinnen, die halbe Arbeit ist getan.« Auch bei Melas hatten rasch getrunkene Gläser gewirkt, und mehr noch als die schamlos Hingeworfene stachelte die Entehrung den Mann, so daß er in der Umarmung flüsterte: »Zahl das Doppelte.« Und ihm war dieses Gesagte lustvolle Peitsche wie ihr.

Wie ein anderes Wort, das Nadine erst nur ein paarmal wie im Scherz hinsprach: »Mein Zuhälter Melas.« Bis sie auch dieses Wortes lebendige Tatkraft auf die Probe stellen mußte. Daß er wirklich ihr Zuhälter werde, wurde Ehrgeiz ihrer Liebe, Stachel in ihrem haßvollen Begehren, so sehr, daß sie eine leicht sich ergebende Gelegenheit benützte, den raschen Blick des Einverständnisses mit dem äugenden Fremden am Nebentisch, unbemerkt von Melas, zu wechseln und durch die Bedienung die kurze briefliche Nachricht spedieren zu lassen. Melas merkte nichts -- oder tat so. Aber er hatte, so war Nadines Wunsch, wohl so zu tun, als merke er nichts, denn dies verlange der Erfolg, aber er müsse davon wissen. Denn ihn schlechthin zu betrügen, war in keinem dieser Abenteuer irgend Absicht gewesen oder Quelle ihres Vergnügens. Wußte Melas nicht darum, so waren diese Passaden ja nichts als lästig. Daß sie ihm mit der verkauften Preisgabe ihres Leibes an fremde Männer diene, daß so groß ihre Liebe zu ihm sei, für ihn zu arbeiten, wie eine Frau ihrer Art eben arbeiten könne, dies mußte er wissen, damit sie in der Umarmung des fremden Zahlers lebhaft wurde. Alles andere war Komödie ohne Sinn, war Wäschewechsel aus albernstem Grund. Ihn zu zwingen, daß er solches dulde und ertrüge, war Äußerung ihrer um den Haß oszillierenden Liebe zu dem Manne, mit dem sie fertig werden mußte um jeden Preis. Denn noch wußte sie es nicht, aber ihre Sinne spürten es, daß sie fast schon nicht mehr die den Mann so Zwingende gegen seinen Willen war, sondern die schon fast so Bezwungene seiner Lust wegen. Widerstände fühlte sie bei ihm nicht nur geringer werden, sondern beseitigt dort, wo sie sie erwartet hatte. Es mußte also noch mehr geschehen, um die Macht zu behaupten, die zu besitzen sie noch glaubte.

Sie machte zu Geld, was sie an Wert besaß. Sie verkaufte Schmuck, Kleider, Möbel. Auf die beiden Zinshäuser der Vorstadt nahm sie Hypotheken bis zur äußersten Belastung, die letzte zu Wucherzinsen. Was Nadine im Erwerb ihres Vermögens nicht getan hatte, das tat sie jetzt, als sie verschwendete: sie rechnete. Genau rechnete sie den Tag aus, an dem sie nichts mehr haben würde, um dann das letzte zu tun, was sie in dieser Raserei um die Herrschaft über den Mann tun zu müssen glaubte. Melas gab das Geld aus, sinnlos, wie sie ihn hieß. Sie wachte darüber, daß er sich nichts beiseite schaffe, denn solche Tendenz des bürgerlichen Geldes, wieder bürgerlich solid zu werden, merkte sie an dem kleinen Bäuchlein, das Melas bekam und das sie ihm abhetzte wie jeden Versuch einer Unterschlagung zugunsten eines Bankdepots. Daß das Geld wieder dahin zurückkehre, woher es ihr gekommen war, das ging ihr gegen die Ehre der Arbeit. Ihr Arbeitslohn sollte nicht wieder Kapital eines Bürgers werden.

Es kam der Tag ihres Triumphes. Sie hatte mit Melas bei Sacher diniert. Auf der leeren Seite der Note machte sie dem Mann mit ein paar Zahlen deutlich, daß es nun an der Zeit seines Amtes sei, dafür zu sorgen, daß sie gut zahlende Liebhaber bekäme. Er habe nun, so sagte sie, lange genug auf dem stummen Klavier geübt, um sein erstes Konzert geben zu können. Zudem sei sie ja keine schwierige Anfängerin, und die Sache würde einfacher gehen, als er vielleicht denke. Sie zerbrach ein Sektglas, das sie hielt, mit den Fingern, und es floß kein Blut, so erregt war sie.

War dieser Irgendeiner, dieser Mensch, der sich Melas nannte, schon weiter und schlug Nadine in diesem seltsamen Rennen nach Himmel oder Hölle? War seine Aufgabe, um den Preis seiner wohl wenig wertvollen Seele, getan? Er verlor das Gesicht, das er bis jetzt für Nadine gehabt hatte, verlor es wie ein Mensch, wenn sich ihm sein Schicksal erfüllt oder kurz vor dem Tode. Er wurde ganz undeutlicher, namenloser Funktionär des ihm Geheißenen, befohlener Begleiter, Wandschirm, Aufpasser, Diener, träger Schlafbursche einer Dirne, der er die rückwärts geschlossene Taille gähnend knöpfte, wenn sie auf den Strich ging. Er zählte das Geld, teilte mit der Hand schiebend ab, verschwand in Cafés, wartete da, köderte, spielte Karten mit Genossen. Tage und Nächte waren einander gleich, wie sie kamen und gingen, und Nadine hatte es vergessen, daß sie den Mann so gewollt hatte. Alles, was war, schien ihr, als ob es nicht gewesen wäre, oder wie eine umständliche Reise. Nun, endlich war sie da. Gott sei Dank. Was für Todesängste hatte sie ausgestanden! Endlich ist das vorbei.

Sie selber nicht, nur eine Polizei hätte die Tage addieren können, welche Nadine so angstbefreit lebte, in guter einfacher Tätigkeit, sich und ihrem sie schützenden Kerl das tägliche Brot zu verdienen. Es war Ununterscheidbares, nach Brauch gemessen genau dreiundzwanzig Tage. Denn am vierundzwanzigsten flog der eine Teil aus der Bahn, was eine Störung ins Licht verursachte. Melas mußte, da das Land einen Krieg erklärt hatte, zu seinem Regiment als Feldwebel einrücken. Wie es alle Mädchen taten, begleitete sie ihn, das kleine Köfferchen tragend, zum Scherz auch manchmal das Gewehr, zum Bahnhof. Ein Abschied wie alle andern Tausende Abschiede, nachdem man in dem überfüllten stinkenden Wartesaal Bier und Schnaps getrunken hatte, drei Stunden lang.

Es war dunkle Nacht, als Nadine den Bahnhof verließ. Aber die Bänke in dem Park vor dem langen Gebäude waren behockt und belegen von Burschen, aus der Umgegend der Stadt hergekommen, um in der Nacht oder am frühen Morgen mit der Bahn weiterbefördert zu werden, zu ihren Regimentern oder an die Front oder weiß Gott wohin, wer kennt sich in den Befehlzetteln aus. Die Nacht war dampfend heiß, voller Staub und blauer Schwärze. Hatten Hände sie auf die Bank gezogen, auf der keiner Platz machte, so daß Nadine den Burschen auf den Schenkeln saß, die wippend flogen, daß sie sich an den Köpfen, den Schultern halten mußte? Wer küßt mich denn? Du? Ja, du auch. Und du ... Ja, hier auf dem Beet hinter der Bank lag es sich besser. Ja, ja, alle! Ich tu es euch gut. Die Bank, hinter der Nadine, von jedem der Männer, die über sie herfielen, tiefer in Buchs und Vanille gedrückt, die Bank, die immer jeweils einer verließ, hinter ihr in dem Weißen von Wäsche und Leib zu verschwinden, es zuzudecken, die Bank wurde nicht leer, denn immer füllte sie sich wieder von den andern Bänken. Nadines Stimme aber hörte man nicht mehr. Nur mehr zuweilen Grunzen und Aufstöhnen eines Mannes. Bevor ihr die Sinne vergingen, fielen ihr zwei kleine weiße Mäuse so lebhaft ein, mit denen sie als ganz kleines Kind gespielt hatte. Sie glaubte, sie halte sie wieder jede in einer Hand und drücke sie winzig zusammen zu kleinen Papierkügelchen. Hab' ich Geld in den Händen? Es waren die weichen Blüten der Vanille.

Am frühen Morgen fand ein Arbeiter den zermalmten, verrenkten Leib Nadines, in zertretene Blumen und Erde halb gestampft, das unverletzte Gesicht überdeckt von beiden fest darüber geschlossenen Armen. Er ließ sie liegen und lief zu einer Polizeistation. Eine Vierzehnjährige stand einiges entfernt davon und kam nun nah. Beugte sich in halben Schritts Abstand steif über den Kadaver und schaute mit atmenden Nasenflügeln neugierig hinauf und hinunter, was da lag. Blickte dann, vorsichtig ausschauend, nach rechts hin, wo der Weg war, bog sich rasch nieder und zerrte der Toten die prächtigen roten Strumpfbänder über Waden und Schuhe. Hinter einem Fliedergebüsch fand sie, daß sie ihr köstlich paßten.

Über tredition

Eigenes Buch veröffentlichen

tredition wurde 2006 in Hamburg gegründet und hat seither mehrere tausend Buchtitel veröffentlicht. Autoren veröffentlichen in wenigen leichten Schritten gedruckte Bücher, e-Books und audio-Books. tredition hat das Ziel, die beste und fairste Veröffentlichungsmöglichkeit für Autoren zu bieten.

tredition wurde mit der Erkenntnis gegründet, dass nur etwa jedes 200. bei Verlagen eingereichte Manuskript veröffentlicht wird. Dabei hat jedes Buch seinen Markt, also seine Leser. tredition sorgt dafür, dass für jedes Buch die Leserschaft auch erreicht wird.

Im einzigartigen Literatur-Netzwerk von tredition bieten zahlreiche Literatur-Partner (das sind Lektoren, Übersetzer, Hörbuchsprecher und Illustratoren) ihre Dienstleistung an, um Manuskripte zu verbessern oder die Vielfalt zu erhöhen. Autoren vereinbaren direkt mit den Literatur-Partnern die Konditionen ihrer Zusammenarbeit und partizipieren gemeinsam am Erfolg des Buches.

Das gesamte Verlagsprogramm von tredition ist bei allen stationären Buchhandlungen und Online-Buchhändlern wie z. B. Amazon erhältlich. e-Books stehen bei den führenden Online-Portalen (z. B. iBookstore von Apple oder Kindle von Amazon) zum Verkauf.

Einfach leicht ein Buch veröffentlichen: **www.tredition.de**

Eigene Buchreihe oder eigenen Verlag gründen

Seit 2009 bietet tredition sein Verlagskonzept auch als sogenanntes "White-Label" an. Das bedeutet, dass andere Unternehmen, Institutionen und Personen risikofrei und unkompliziert selbst zum Herausgeber von Büchern und Buchreihen unter eigener Marke werden können. tredition übernimmt dabei das komplette Herstellungs- und Distributionsrisiko.

Zahlreiche Zeitschriften-, Zeitungs- und Buchverlage, Universitäten, Forschungseinrichtungen u.v.m. nutzen diese Dienstleistung von tredition, um unter eigener Marke ohne Risiko Bücher zu verlegen.

Alle Informationen im Internet: **www.tredition.de/fuer-verlage**

tredition wurde mit mehreren Innovationspreisen ausgezeichnet, u. a. mit dem Webfuture Award und dem Innovationspreis der Buch Digitale.

tredition ist Mitglied im Börsenverein des Deutschen Buchhandels.

Dieses Werk elektronisch lesen

Dieses Werk ist Teil der Gutenberg-DE Edition DVD. Diese enthält das komplette Archiv des Projekt Gutenberg-DE. Die DVD ist im Internet erhältlich auf **http://gutenbergshop.abc.de**

Zeitfracht Medien GmbH
Ferdinand-Jühlke-Straße 7
99095 Erfurt, Deutschland
produktsicherheit@kolibri360.de